혼자라고 느낄 때
그토록 찾던 문장을 만나다

혼자라고 느낄 때
그토록 찾던 문장을 만나다

와카마쓰 에이스케 지음

김동언 옮김

차 례

일러두기

- 맞춤법과 외래어 표기는 국립국어원의 표기법을 따랐으나 국내에 이미 굳어진 인명, 지명이라고 판단했을 때는 관습 표기를 존중하였다.
- 장편 문학 작품, 기타 단행본은 『』, 시, 단편은 「」로 구분하였다.
- 단행본이 언급되는 경우 한국어로 번역 출간된 도서는 국내 도서명을 따랐으며, 국내 미출간 도서의 제목은 원뜻에 가깝게 번역하고 원서명을 병기하였다.

내 인생의 한 문장

내 인생의 한 문장

작가 엔도 슈사쿠遠藤周作는 우리네 삶에는 생활과 인생이라는 두 가지 차원이 있다고 종종 말한 적이 있다. 생활이 가로축인 데 비해 인생은 세로축이라고 쓴 적도 있었던 것 같다. 이처럼 생활과 인생은 분리되지 않는다. 마치 십자가 같은 꼴을 하고 있다. 사람은 언제나 생활과 인생이 만나는 접점에서 살아간다.

나이가 들면 자연스럽게 생활의 막이 열린다. 학업을 마치고 일에 종사하게 되면 생활과의 고투는 싫어도 시작된다. 하지만 인생의 문이 열리는 시기는 사람마다 다르다. 그렇다고 빠르면 빠를수록 좋은 것만도 아니다. 단, 언젠가는 그 문을 열지 않으면 안 될 뿐이다. 사람은 자신의 인생을 살지 않고서는 하루하루를 계속해서 살아갈 수 없기 때문이다.

생활은 수평적인 방향에서 넓이를 추구하며 영위되는 반면, 인생은 한 점을 파고들 듯 깊이를 모색한다.

생활 속에서 사람은 많은 문장을 알게 된다. 그래야 대화도, 독서도, 집필도 할 수 있다. 하지만 인생의 한 문장은, 그러한 곳에서는 만날 수가 없다. 인생의 문장은 언제나 절실한 경험과 함께 솟아난다. 그러한 문장은 생활의 넓이에서가 아니라 인생의 깊이를 통해 맞닥뜨리게 된다.

이때 문장은 문자이면서 동시에 빛이기도 하다. 소박한 한 문장이 빛이 되어 어둠을 밝히는 것이다. 생활의 차원에서는 특별한 의미를 갖지 못했던 어떤 문장이 어둠에서 우리를 구해 내는 것이다.

인생의 시작을 알리는 문장은 우리를 삶의 근원으로 이끄는 것이기도 하다. 그렇기에 여기서는 근원어根源語라고 부르기로 한다. 근원어는 결코 난해하지 않다. 그리고 그것이 좌우명과 같은 문장도 아니라고 나는 생각한다. 근원어는 오히려 평범하고 소박한, 특징이 없는 경우가 많다.

2013년부터 나는 <읽기와 쓰기>라는 강좌를 진행하고 있다. 이른바 잘 알려진 좋은 책을 내가 읽고 설명하면, 청강자는 거기서 느낀 바를 글로 쓰고 내가 그것을 첨삭하는 식이다. 어언 10년 이상 계속하다 보니 장장 만 편이 넘는 에세이나 시를 함께 읽은 셈이 되었다. 청강자들이 쓰고 있는 것은 에세이나 시라 지칭할 수 있는 장르지만 본질적으로 시도하고 있는 것은 근원어의 발견이다.

근원어는 만들어 내는 것이 아니다. 반드시 그 사람 속에 잠들어 있다. 다시 말하면, 그 문장과의 무언의 대화를 통해 우리는 인생의 차원으로 고양된다. 사람은 필요한 문장을 이미 몸에 담고 태어나는 것처럼 느껴진다.

우리는 생활이 가급적 평온하게 영위되도록 준비하고 계획한다. 누구든지 자신의 의도대로 나날을 꾸려 나가기를 바란다. 그리고 생활의 중심에 자리 잡고 있는 것은 자기 자신이다. 하지만 인생은 조금 양상이 다르다.

젊었을 때는 스스로 선택하고 있다고 느끼던 것도 다른 사람과의 연결 속에서 일어난 일임을 깨닫는다. 여기서 말하는 다른 사람은 동시대인만이 아니다. 죽은 자들을 포함한다. 생활의 차원에서 죽은 자는 존재하지 않는다. 생활의 차원에서 죽은 자의 말은 의미가 없다. 하지만 인생의 차원에서 죽은 자는 보이지 않지만 그러나 확실히 우리와 함께 존재하는 이웃이다.

생활의 차원에서는 그저 단순한 우연으로만 느껴지던 일이 인생의 차원에서는 운명으로 느껴지는 경우도 드물지 않다. 시인 릴케Rainer Maria Rilke는 시를 쓰려는 어느 청년에게 보내는 편지에서 운명의 본질에 대해 인상적인 문장을 남겨 두고 있다.

우리가 운명이라고 부르는 것은 인간의 내부에서 나오는 것이지, 외부에서 인간 내부로 들어오는 것이 아님을 차츰 인식하게 될 것입니다.

- 릴케, 『젊은 시인에게 보내는 편지』(고안 쿠니세이高安國世 옮김)

생활의 지평에 서 있을 때 운명은 어딘가 알 수 없는 곳에서 다가오는 것처럼 느껴진다. 그러나 인생의 경계에 있을 때 산다는 것은 스스로의 운명을 키워 가는 것과 다르지 않음을 깨닫게 된다.

견디기 힘든 슬픔을 운명이라고 생각했던 시절이 있었다. 하지만 슬픔이라는 말을 씨앗처럼 품고 있는 동안 그것은 조금씩 애틋함으로 달라져 갔다. 나의 근원어는 '슬픔'이다. 그러나 비통과 비탄으로 끝나는 슬픔만이 아니라 무언가를 사랑하고자 했다는 증거로서의 애틋함을 내포하는 것이다. 애틋함은 '자애로움'이라는 뜻이기도 하다. 이를 알게 된 나는 언제부턴가 스스로를 이리저리 재단을 하는 데 그치지 않고 다른 한편 애틋하게 여기기도 한다.

자신을 사랑하다

슬픔이 무언가를 사랑하는 데에서 생겨난다면, 산다는 것은 슬픔을 키워 가는 것이다. 인생이 깊어지면 슬픔도 깊어져 간다. 슬픔이야말로 인생의 잣대라고 이시무레 미치코石牟礼道子가 어딘가에서 쓴 적이 있다. 그리고 아름다운 것은 모두 어느 정도 슬픔을 동반하고 있다고도 한다.

갑자기 사랑하라고 하면 누구를 사랑해야 할지 모르겠다는 사람도, 지금은 자신이 그 누구에게도 사랑받지 못하는 것처럼 느끼는 사람도 있을 것이다. 말로 드러내지는 않아도 누구나 그렇게 느낄 수 있다.

사랑받지 못하기 때문에 사랑할 수 없다. 언뜻 보면 확실해 보이는 이 말에는 커다란 모순이 있다. 우리는 누군가를 사랑하는 것이 가능하지 않더라도 자신을 사랑하는 것은 가능하다. 더 나아가 사랑은 자신을 사랑하는 것으로부터 시작하지 않으면 안 되는 것인지도 모른다.

자기애라고 하는 말에는 어느 정도 부정적인 어감이 있을지도 모른다. 자기 자신만을 우선시하고 다른 사람에 대한 생각이 없는 듯한 인상을 주는 것은 아닌가 하는. 그러나 한편으로는 자신을 사랑하지 않고서는 인생이라는 험난한 여정을 헤쳐 나가기 어렵다는 것도 우리는 쉼 없이 느끼고 있다. 문제는 자신을 어디에 두느냐에 달려 있다. 그리고 사랑한다는 것의 본질이 무엇인지를 탐구하는 데에서 사랑의 길이 열리는 것이라 나는 생각한다.

좋아하게 되는 것과 사랑하는 것은 서로 비슷하면서도 다르다. 좋아하는 것은 어떤 경우 싫어지기도 한다. 그러나 사랑은 좋고 싫음을 넘어서서 작동한다. 사랑하기 위해 그 대상을 좋아할 필요는 없다. 사랑한다는 것은 좋고 싫음의 감정을 넘어 그 누구를, 그 무엇을 오롯이 수용하는 것이기 때문이다.

누구나 자신을 좋아하지 못할 수 있다. 오히려 냉정하게 자신을 돌아보면 스스로를 좋아하기만 할 수는 없을 것이다. 그러나 우리는 그렇게 부족한 스스로를 사랑하는 것은 가능하다.

수용한다는 것은 부족함을 있는 그대로 인정하는 것에 그치지 않는다. 오히려 불완전함 속에 숨어 있는 가능성을 인식할 것을 요구한다.

사랑의 눈은 현재만을 보지 않는다. 과거, 현재, 미래를 하나의 '시간'으로 인식한다. 자신을 사랑한다는 것은 현재의 자신과 타협하는 것만을 의미하지 않는다. 지금까지의 과거를 끌어안으며 다가올 미래를 향해 천천히 나아가고자 하는 행위이다.

『신약 성서』 다음으로 많이 읽힌다는 『그리스도를 본받아』라는 기독교 세계의 고전이 있다. 15세기 토마스 아 켐피스Thomas à Kempis라는 인물이 썼다고 전해진다. 거기에는 인생의 어려움을 둘러싼 인상적인 한 구절이 있다.

때때로 여러 가지 고민이나 마음대로 되지 않는 일이 있다 해도, 우리에게는 좋은 일이다.

- (오오사와 아키라大沢章/ 쿠레 시게이치呉茂一 옮김)

생각대로 되지 않는다는 것은 좋은 일이다. 그리고 시련 또한 신이 건네는 은혜라고 저자는 말한다.

신이란 말에 거부감을 느끼는 사람이 있을지도 모르겠다. 그렇다면 신을 인생이라는 말로 바꾸어도 좋다. 시련이 닥칠 때 사람은 자신을 사랑해야 한다는 강렬한 요청을 받는다. 자신의 과거, 현재, 미래를 힘차게 끌어안아야 한다고 시련이 촉구하고 있는 것이다.

마음대로 되지 않는 일과 조우할 때 사람은 고통이나 슬픔만을 느끼는 것은 아니다. 그것으로 말미암아 사람은 진정한 의미에서 작아진다. 자신이 아주 작게 느껴질 때 우리는 자신을 왜소하다고 생각해서는 안 된다. 여기에서 말하는 '작아진다'는 것은 비굴하게 되는 것과는 다르다. 그것은 커다란 존재와 마주치면서 느끼는 작아짐이다. 종교인들은 그렇게 커다란 존재를 신 혹은 부처라고 지칭한다. 철학자들은 동일한 존재에 진리라는 이름을 부여하고 있다.

자신을 사랑한다는 것은 마음대로 되지 않는 현실 속에서 신을, 진리를 이끌어 내고자 하는 장대한 시험인 것은 아닐까.

▌인생의 나침반

자신과 같은 사람은 어디에나 있다. 진심이든 아니든 그런 말을 하는 사람을 가끔 만난다. 한편으로는 자신의 고통을 알아주는 사람이 없다는 한탄도 자주 접하게 된다.

전자는 사실인 것 같지만 거짓이다. 자신과 같은 사람은 지금까지도, 앞으로도 결코 나타나지 않을 것임을 누구나 알고 있다. 후자는 진실을 담고 있다. 사람은 자신 이외의 다른 사람의 고통을 쉽사리 알지 못한다.

힘이 들 때 사람들은 자신의 고통을 누군가 알아주었으면 좋겠다는 생각에 많은 것을 말할 때가 있다. 이것이 효과가 있으면 좋겠지만 말이 많아질수록 이해하기가 더 어려워지는 경우도 적지 않다.

최근 동정sympathy과 공감empathy의 차이를 논할 때가 많다. 동정할 때에는 어딘가 상대방을 불쌍히 여기는 감정이 남는다. 이에 반해 공감할 때 사람은 그 고통에 절대적인 의미를 부여하는 것이 아닐까.

받는 쪽은 동정과 공감의 차이를 예민하게 느낀다. 동정의 눈은 상대에게서 약자의 모습을 발견하지만 공감의 눈은 약자의 뒤편에서 다시 일어서려는 용기를 본다.

어떤 사람이 자신을 응시하고 있다. 신체의 특정한 곳을 응시하는 상황을 상상해 보자. 누군가 보고 있다는 것만으로 이전에는 전혀 문제 삼지 않았던 점이 신경 쓰일 때가 있지 않은가. 어쩌면 신경이 쓰일 수도 있을 것이다. 동일한 일이 내면에서도 일어난다. 그것도 창조적으로 펼쳐질 수 있다. 누군가가 내 안의 용기를 응시한다. 그로 인해 내 안에 잠들어 있는 용기를 깨닫게 되는 것이다.

힘들 때 사람은 어딘가에서 위안을 찾는다. 기분 전환을 위해 밖으로 나간다. 여행을 한다. 무언가에 몰두한다. 혹은 신뢰하는 친구와 마음껏 이야기를 나누는 사람도 있을 것이다. 하지만 언제든 외출할 수 있는 것도 아니고, 친구들이 항상 내 상황에 맞출 수 있는 것도 아니다. 역시 혼자서 고통을 이겨 낼 방법을 익히지 않으면 안 된다.

인생을 돌이켜 보면 나는 고통스러울 때 거의 본능적으로 문장을 찾고는 했다. 글을 쓰는 법을 익히지 못했을 때는 어처구니없을 정도로 오랫동안 서점에 있었다. 고등학생 시절, 저녁 네 시쯤 들어가서 문득 서점이 문을 닫는 시간임을 깨달은 적도 여러 번 있었다. 특정한 책을 찾는 것도 아니다. 나 자신도 명료하게 말할 수 없는 무언가와의 만남을 원했던 것이다.

독서의 방식은 그때나 지금이나 전혀 변하지 않았다. 그때 책을 읽는다는 것은 기록된 내용을 이해하는 것보다 인생의 나침반이 될 만한 문장을 만나는 일이었다. 한 줄, 혹은 한 마디라도 그런 문장을 만날 수 있다면 그것으로 충분했다.

글을 쓰게 된 것도, 써야 할 주제가 있었다는 것이 표면적인 이유였겠지만 어떻게든 고통에서 벗어나고 싶었기 때문이었던 것 같다. 사람은 생각하는 것만을 쓰는 것이 아니다. 자신이 진정 필요로 하는 것도 쓰기 때문이다. 오히려 글을 쓴다는 것은 자신도 인식하지 못하는 삶의 어려움에 맞서고자 하는 준비라고 말해도 좋을 것이다.

슬픔의 나라

사람은 나이를 먹으면서 두 종류의 세계에 속하게 된다. 하나는 외부 세계, 다른 하나는 내면의 세계다. 이것은 생활과 인생을 구분할 때에도 거듭 생각해 볼 수 있다. 내면세계가 열릴 때 인생이 시작된다는 것은 아니다. 인생은 내면의 세계에 '슬픔의 나라'라고 부를 수밖에 없는 곳을 찾았을 때 시작된다. 시인 나가세 키요코^{永瀬清子}(1906~1995)의 「내리다^{降りつむ}」라는 작품이 있다. 다음에 인용하는 것은 그 시작 부분의 첫 구절이다.

슬픔의 나라에 눈이 내린다

슬픔을 양식 삼아 살겠다고 눈이 내린다

잃어버리고 있던 것들 위에 눈이 내린다

'슬픔의 나라'는 눈에 보이지 않는다. 그곳은 눈을 감았을 때 가슴속에 아련히 떠오르는 곳이다. 이곳에 내리는 '눈'도 우리 눈에는 보이지 않고, 손으로 만질 수도 없다. 하지만 우리는 눈을 감으면 눈이 내리는 소리를 느낀다.

슬픔의 나라에 내리는 눈은 사람을 얼어붙게 만드는 차가운 것이 아니다. 눈은 다양한 것들을 감싸안는다. 그 속에 서 있을 때 사람은 하늘과 땅에 깊게 연결된다. 잃어버리고 있었던 자신의 존재를 그곳에서 감지한다.

눈은 사물을 덮어 버리는 것이 아니다. 오히려 우리가 놓치고 있는 것을 가리켜 보여 준다. 길이 눈으로 뒤덮인다. 길은 좁고 미끄러울 수도 있다. 사람은 그곳을 천천히 걸을 수밖에 없다. 그럴 때 우리는 평소보다 더 확실하게 길의 존재를 느낀다.

'슬픔'이 삶의 양식糧食이라고 시인은 말한다. 그 양식으로 길러지는 것은 무엇일까? 나가세 키요코의 작품을 읽고 있으면 스가 아쓰코須賀敦子의 모습이 떠오른다. 두 사람이 친분이 있었던 것은 아니다. 각각의 작품을 읽으면 상대방의 이름이 나오는 일도 드물다. 하지만 두 사람이 남

22

긴 말에는 현저한 공명이 있다.

역사적 사실을 넘어선 정신적인 벗, 이런 관계를 발견하는 것도 독서의 큰 즐거움이 아닐 수 없다. 스가 아쓰코의 마지막 장편 소설『유르스나르의 구두』에는 인생의 계절을 둘러싼 문장이 있다. 인생의 마지막을 노래하는 나가세 키요코의 시를 읽으면서 나는 동시에 스가 아쓰코의 다음 한 구절을 떠올렸다. '제논'은 그녀의 작품, 주인공의 이름이지만 읽는 사람은 그에 자신을 겹쳐 읽어도 좋다.

그 시절은 또한 동시에 제논의 정신적 활동이, 어린잎이 돋아나는 오월의 나무처럼 가장 눈부신 육체를 얻게 되는 시기이기도 했다. 2부에서는 브뤼허로 돌아온 그가 수도원장의 비호를 받으며 의사로 추앙을 받지만, 더 이상 여행을 떠날 자유는 없다. 여행의 자유는 잃었지만, 제논은 사람들이 필요로 하는 자신을 발견하고, 자신도 모르게 그 사실을 받아들이고 있었다. '영혼의 계절'에 그는 놀라지 않을 수 없었다.

-『유르스나르의 구두』에서

인생에는 육체의 계절, 그리고 정신, 즉 영혼의 계절이 있다고 스가는 쓰고 있다. 여기서 말하는 육체에는 마음도 포함된다. 육체의 계절을 살 때 사람은 몸과 마음의 양식을 찾으면 된다. 하지만 영혼의 계절을 살 때에는 예전의 양식만으로는 충분하지 않다.

마음속 깊은 곳에 있는 '영혼'은 기쁨이나 위로보다는 '슬픔'이라는 양식으로 훨씬 더 잘 자란다. 나가세 키요코라면 그렇게 말할 것이다. 이 시인은 다음의 구절로 앞서 인용한 시를 마무리한다.

슬픔에 잠겨서

땅의 강인한 풀잎이 겨울을 이겨 내듯

겨울을 이겨 내라고

그 아래에서 이윽고 좋은 봄을 맞이하라고 눈이 내린다

무한히 넓은 하늘에서 고요히 고요히

비정할 만큼 부드럽게 눈이 내린다

슬픔의 나라에 눈이 내린다.

　　　　　　　　　　-『나가세 키요코 시집永瀬清子詩集』(시초샤)

누구나 겨울이라고밖에 느낄 수 없는 계절을 살아간다. 그것은 신성한 섭리라고도 할 수 있을 것이다. 하지만 이 시인이 우리에게 말하고자 하는 것이 엄혹한 사실만은 아니다.

겨울은 분명 추위를 몰고 온다. 그러나 동시에 들리지도 않고, 보이지도 않지만 곧 봄이 올 것임을 예고하고 있기도 하다. 인생의 겨울은 약속된 인생의 봄을 맞이하는 서곡이기도 한 것이다.

바람과 기도

어느 때까지만 해도 '기도하는' 것과 '바라는' 것을 구별하지 못했다. 할 수 없었다고 말하는 편이 더 나을지도 모르겠다. 심지어 '기도'의 시간을 '바람'으로 채우고 만 것이 아닌가 생각되기도 한다.

무언가를 바랄 때 우리는 인간을 초월한 존재를 향해 어떻게 해서든 자신의 생각을 전달하려고 애쓴다. 이처럼 일방적으로 생각을 말하고자 할 때 우리는 상대방의 목소리를 들으려고는 하지 않는다. 상황은 인간만이 아니라, 더욱 커다란 존재의 경우에도 마찬가지이지 않을까. 무언가를 바랄 때 인간은 자신을 향한 신의 '목소리'도 알아차리기 어렵다. 오로지 자신의 말만 하고 있기 때문이다.

그러나 기도는 바람을 억누르고 상대방의 목소리에 귀를 기울이는 것, 소리 없는 말을 듣는 것이다. 그것은 마음에 정적의 시공간을 불러들이는 것처럼 느껴진다.

무언가를 바라는 것이 나쁜 것은 아니다. 바라지 않을 수가 없는, 그런 국면으로 내몰리는 경우가 인생에 몇 번은 있을 것이다. 그러나 그럴 때에도 우리는 듣는 귀를 틀어막지 않는 것이 좋지 않을까. 구하는 것이 생각지도 않은 곳에서 찾아올 수도 있기 때문이다.

신은 인간이 생각하고 있는 것보다 훨씬 더 우리의 일을 잘 알고 있다. 종파를 막론하고 성경, 경전이라 지칭되는 것을 읽어 가다 보면 그와 비슷한 현실이 묘사되고 있다. 신은 인간이 느끼고 있는 그 이상으로 우리의 고통, 슬픔, 애통함을 깊이 받아들이고 있다. 그럼에도 그 사실을 도무지 실감하지 못하는 인간은 불안을 견디지 못하고, 알아주기를 바라는 상황을 신에게 설명하려고 한다. 설명하는 자신의 목소리가 저 너머에서 들려오는 소리 없는 목소리를 가로막고 있다는 사실을 깨닫지 못한 채 계속 말을 이어 가기만 할 따름이다.

야기 주키치八木重吉라는 시인이 있다. 우치무라 간조内村鑑三의 영향을 받아 기독교 신앙 속에서 살았다. 우치무라는 무교회無敎會라는 신앙의 모습을 설파했다. 신과 인간은 교회를 매개로 하지 않고서도 충분히 깊은 관계를 맺을 수 있다는 주장이다. 물론 사람과 사람도 마찬가지다. 오히려 신과 연결됨으로써 사람과도 연결될 수 있다고 생각하였다. 주키치에게 깃든 신앙도 이와 같은 것이었다.

생전에 그는 『가을의 눈동자秋の瞳』라는 제목의 시집 한 권만을 출간하였고, 1927년 29살의 나이에 결핵으로 세상을 떠났다. 두 번째 시집이 될 예정이었던 『가난한 신도貧しき信徒』는 사후에 세상에 나왔다. 이 시집에는 「눈물淚」이란 제목의 다음과 같은 짧은 시가 있다.

흥미로운 일이 없어

밝은 햇살 속에 서서 눈물을

흘리고 있었네

이것이 전문이기에 시라기보다는 아주 참신한 현대적인 단가처럼 느껴진다. 이 작품을 보았을 때 나는 이것이야말로 기도의 광경이라고 생각했다.

비통에 짓눌릴 듯하면서도 그는 잠자코 빛 속에서 그저 눈물을 흘리고 있다. 시인은 아무도 없는 곳에서 자신이 흘리는 눈물을 더 큰 존재가 받아 주리라 느낀다. 비탄의 목소리를 높이지 않아도 모든 것이 받아들여지고 있다고 믿는다.

흥미로운 일이 없다는 것은 참을 수 없는 슬픔에 싸여 있다는 표현일 것이다. 더욱이 그는 눈물을 흘림으로써 자신의 입을 틀어막고, 귀에 들리지 않는 소리를 온몸으로 받아 안고자 하는 것이다.

▎ 혼자만의 시간

사회와 연결되어 살아가기가 어려울 때 사람들은 고립감을 느낀다. 또 자신의 마음이 이해받지 못한다고 생각할 때 소외감을 느낀다.

소외감이란 단순히 소외되고 있다고 느끼는 것에 그치지 않는다. 소외라는 상태가 견디기 어려운 것은 자신이란 존재가 필요 없는 듯이 느껴지기 때문이다.

고립도 소외도 느끼지 않는 편이 좋다. 하지만 고립이나 소외와 다른, '혼자만'의 시간이 없어서는 안 된다. '혼자' 있는 때에야만 보이는 것이 있다. 그러한 한때를 여기서는 '고독'이라고 부르기로 하자.

일상생활에서도 굳이 고독을 선택하는 경우가 있다.

그때 우리는 고독 속에서 한 줄기 빛의 길을 찾으려는 본능 같은 충동을 품고 있기 때문은 아닐까.

젊은 시절에는 고독이 두려웠다. 그러나 다른 한편으로 고독의 시간이 없으면 안 된다는 것도 해가 거듭될수록 실감하게 되었다. 어느 시점부터는 적지 않은 노력을 기울여 고독의 시간을 만들어 내기에 이르렀다.

고독 속에서 살아 보면 고독 속에서 살았던 사람들의 말을 이해할 수 있게 된다. 르 귄Ursula Le guin이라는 미국의 판타지 작가가 있다. 그녀의 대표작『그림자와의 전쟁-게드 전기1影との戦い - ゲド 戦記1』에는 다음과 같은 문장이 있다.

나이를 먹을수록 그는 말을 한결 적게 하고, 고독을 한결 더 사랑하게 되었다.

- (시미즈 마사코淸水眞砂子옮김)

여기에서 말하는 '그'는 오지온이라는 이름의 마법사이자 현자다. 그는 나이가 들어갈수록 침묵 속에서만 명료해지는 삶의 진실이 있음을 깨닫게 된다.

가족이나 친한 사람과 의견이 맞지 않아 다투는 경우가 있다. 그런 경험은 누구에게나 있다. 그러나 말을 주고받을 때에는 잘 이해할 수 없었던 것이 헤어져 집에 돌아와 '혼자'가 되면 상대방의 마음을 사무치게 알게 된다. 겉으로 내뱉은 말에 마음을 빼앗겼는데 '혼자'가 되면 상대방이 했던 말의 이면에 놓인, 말하고자 했던 의미의 실체를 깨닫게 된다.

이러한 드러나지 않은 의미의 발견은 하루아침에 이루어지지 않기도 한다. 깨닫기까지 10년의 세월이 흐르기도 한다.

현대인은 고립이나 고독이 두려운 나머지 '혼자'만의 시간을 쉽게 포기하고 만다. 컴퓨터나 스마트폰을 열면 순식간에 수백, 수천 명의 사람들과 연결된다. 편리하기도 하지만 자신도 모르는 사이에 '혼자만'의 시간이 흘러가 버리고 마는 것이다.

'혼자' 있을 때 평소와는 다른 공기가 나를 감싸는 것처럼 느껴진다. 그것을 받아들이지 못하고 공포감을 느낄 수도 있을 것이다. 심호흡을 하고, 마음을 가다듬어 받아들일 때 '혼자만'의 시간은 의미 있는 고독으로 면모가 달라진다. 더 나아가 고독과 함께 살아갈 때 우리는 의미에 깊이가 있음을 전신으로 감지하며 삶의 의미를 찾기에 이른다.

고독의 시공간에서 마주치는 것이 살아가는 데 있어 그 무엇과도 바꿀 수 없는 것이라면 우리는 모든 노력을 기울여서라도 '혼자'가 되는 시간을 만들어야만 하는 것은 아닐까. '혼자'만의 시간을 살아갈 때 사람은 그동안 보지 못한 채 지나쳤던, 다양한 것들과 마주하게 된다. 거기서 발견하는 가장 중요한 것을 융이라는 심리학자는 '자아'라고 불렀다.

메모와 '쓰기'

가슴에 새겨지는 문장. 이렇게 말할 수밖에 없는 경험을 누구나 한 번쯤은 겪어 보지 않았을까. 생각지도 못한 곳에서 말이 다가와 마음보다 더 깊은 곳에 뿌리를 내리는 듯한 경험.

많은 경우 이러한 경험은 불현듯 튀어나온 타인의 말에 의해 생겨난다. 하지만 사람은 이와 같은 것을 스스로 행동함으로써 체득할 수도 있다.

어렵지는 않다. 몸에 스며들 때까지 외우거나 머리가 아닌 마음으로 느낄 수 있도록 쓰기만 하면 된다. 달리 말하면 무심코 외우고 쓰는 것으로도 사람은 말을 마음속 깊이 끌어들이는 것이 가능하다.

그렇지만 '쓸' 때, '메모'하듯 해서는 안 된다. 그렇게 해서는 문장이 마음속에 깃들지 않는다.

'메모하는 것'과 '쓰는 것'은 완전히 다르다. 메모를 할 경우 무엇을 적을 것인가는 이미 정해져 있다. 전화번호를 메모한다. 구매할 물건들을 미리 메모한다. 그 어떤 경우에도 무엇을 적어야 할지 알고 있다. 그러나 '쓴다'라는 행위가 열어 가는 지평은 이와 전혀 다르다. 진정한 의미의 '쓰기'가 이루어질 때 우리는 그 행위를 통해 자신이 무엇을 생각하고 있었는지를 비로소 알게 된다. 진정한 의미에서 '쓰여진' 문장을 목도했을 때 가장 놀라는 사람은 읽는 타자라기보다 글을 쓰고 있는 자기 자신이다.

편지를 썼지만 보내지 않은 경험이 누구에게는 있을 것이다. 이유는 저마다 다르겠지만 어쨌든 글을 쓰면서 '생각'이 넘쳐 났을 것이다. 솟구쳐 오른 생각에 놀란 그는 자신이 쓴 편지를 우체통에 넣지 않고, 슬그머니 책상 속에 밀어 넣는다.

'생각'을 작은따옴표로 강조하여 쓴 것은 쓴다는 행위가 단순히 생각한 것을 표현하는 것에 그치지 않기 때문이다. '생각'의 한자漢字는 무려 열 가지가 넘는다. 생각하고思, 떠올리고想, 그리워하고戀, 다짐하고催, 새기고念 등을 모두 '생각おもい'이라고 읽는다.

만약 쓴다는 것이 생각한 것을 언어로 표현하는 것일 뿐이라면 이런 일은 일어나지 않을 것이다. 거기에는 생각을 훌쩍 뛰어넘는 '마음'이 소용돌이치고 있기 때문이다. 조각가이자 시인인 다카무라 고타로高村光太郎가 자신에게 '쓰기'가 어떤 의미인지를 밝히는 인상적인 말을 남겼다.

> **원래 내가 시를 쓰는 것은 참으로 어쩔 수 없는 심적 충동에서 비롯된 것이기에 일종의 전기電氣를 내보는 것과 같다. 자력磁力이란 응축된 에너지의 방출에 불과한 것이기에 사실 그것이 과연 사람들이 말하는 시와 같은 것인지조차 이제는 스스로 확신할 수 없을 때가 있다. 메이지 이래 일본에서 시의 통념이라는 것을 나는 대부분 짓밟으며 써 왔다고 할 수 있다.**

-「시에 대해 말하지 않고詩について語らず」,『녹색의 태양緑色の太陽』

쓰고 싶어서 쓴다기보다 쓰지 않을 수 없기에 쓴다는 것이다. '어쩔 수 없는 심적 충동'이란 저항할 수 없는 내면으로부터의 촉구이기도 하다. '쓰기'란 머릿속에 있는 것을 언어로 표현하는 것이 아니라 마음속 깊은 곳에 있어 말로 표현하지 못했던 것을 밝히는 행위인 것이다. 더 나아가 '쓰기'는 스스로를 놀라게 만드는 행위, 스스로를 일깨우는 행위라고 할 수 있다.

종교에서는 이러한 행위를 수행이라고 지칭한다. 수행이라고 하면 속세에 사는 사람과는 상관없는 것처럼 느낄 수도 있을 것이다. 그러나 어느 정도 인생을 쌓아 올린 사람이라면 산다는 것이 지속적인 수행임을 알고 있지 않을까.

어떤 사람이 보기에 수행자는 무의미한 일을 계속하는 것처럼 보일 수도 있다. 수행에는 같은 일이 지루하게 반복되기 때문이다.

분명 현대인은 수행이라는 말을 쓰지 않게 되었다. 그러나 살아간다는 수행에서 해방된 것은 아니다. 오히려 우리는 인생의 본질이 수행임을 잊어버렸기 때문에 그 길을 걷는 방법을 놓치고 있는 것은 아닐까.

속세에서 살아가는 사람에게 수행은 필요 없을지도 모른다. 그러나 문장을 새기는 습관은 놓지 않는 편이 좋다. 누구도 도와주지 않고, 어쩔 수 없이 혼자라고 느낄 때에도 가슴에 새겨진 문장이 우리를 이끄는 경우가 적지 않기 때문이다.

둘

보이지 않는 눈물

침묵을 느끼다

이미 죽음을 알고 있음에도 그 사실이 온전히 받아들여지지 않는 경우가 있다. 내게는 이시무레 미치코^{石牟礼道子}가 그런 사람이다. 지금도 마찬가지다. 그럴 수밖에 없는 것이 말년의 몇 년 동안 여러 번 만나서 말을 주고받기도 했고, 아무 말 없이 오랫동안 함께 머물러 있기도 했다. 그이는 분명 죽은 이지만 '살아 있는 죽은 사람'이라는 느낌이 든다. 이시무레의 대표작 『고해정토-나의 미나마타병$^{苦海浄土-わが水俣病}$』에서 마주친 것도 그와 다를 바 없는 죽은 사람들이었다. 이 작품으로 말미암아 세상 사람들은 미나마타병이 무엇인지 처음으로 알기 시작하였다.

칫소라는 기업이 유기수은이라는 유독 물질을 산업 폐

수로 강에 흘려 보낸다. 그것이 바다로 흘러 들어갔고, 물고기나 어패류 등에 축적되었다. 그리고 그것을 먹은 사람의 신경이 망가져 버린 것이었다. 신체의 자유를 현저하게 빼앗겨 버렸고, 심한 경우에는 사망에 이르는 사람도 적지 않았다.

그런 사람들은 자신이 짊어진 고통이나 슬픔을 말하지도 못한 채 세상을 떠나야만 했다. 이시무레는 『고해정토』를 쓰는 것으로 그런 사람들의 '마음'을 그려 내고자 했다. 그이에게 '글쓰기'는 말을 빼앗긴 사람들의 침묵에 문자라는 외양을 부여하고자 하는 것이었다.

1984년에 발표된 「마을 속의 절村のお寺」이란 제목의 이시무레 미치코 강연록이 있다. 장소가 절이었던 탓에 이야기는 자연과 종교, 그리고 '기도'에까지 미쳤다.

누구의 마음에나 기도라고 말할 수밖에 없는 말이 깃들어 있다. 그러나 그것을 입에 올리면 왠지 모르게 '부자연스럽다'는 느낌이 든다. 그렇지만 인간을 초월하는 존재와 마음이 통하고 싶다는 '이루 말로 표현하기 어려운 영혼이 깃든 어딘가'가 누구에게나 있다. 그렇지 않다면 종교는 지금까지 그 생명을 계속 이어 올 수 없었을 것이라고 말하며 그이는 이렇게 말했다.

인간의 가장 깊은 곳에 있는 마음의 움직임은 사실 말로 표현할 수 없습니다. 저는 말로 이야기를 쓰고 있기는 하지만 말이란 것은 불완전하다는 생각이 항상 듭니다.

진정한 기도는 좀처럼 말로 표현할 수가 없다. 어쩌면 기도에만 국한된 것은 아닐 것이다. 우리의 '마음' 대부분은 말로 표현되지 않는 것이 아닐까. 하지만 신기하게도 어떤 사람들은 이처럼 말로 표현되지 않은 것조차 온전히 받아들이기도 한다. 말이라기보다 말에 깃든 무음의 울림으로 말미암아 멀리 떨어져 있는 사람과 서로 연결되어 있음을 실감하기까지 하는 것이다.

문학이란 말로 표현할 수 없는 것을 말로 표현하려는 모순된 작업이다. 종교의 경전 역시 말로 다할 수 없는 것을 책의 형태로 갖춘 것이다. 달리 말하면, 문학이나 종교는 말뿐만 아니라 말 속 깊이 존재하는 의미를 감지하려는 시도임을 이시무레는 느끼고 있는 것이리라.

여기에서 중요하게 다가오는 것은 말의 이면에 존재하는, 말 너머의 생각을 찾고자 하는 '읽기' 혹은 '듣기'라는 행위의 의미이다. 앞서 인용한 구절의 배후에 있는 것도 같은 맥락의 실감이 아닐까 생각한다.

진실은 말할 수 없다. 우리는 그렇게 느끼면서도 말을 하고, 글을 쓴다. 그러다 보면 말은 종종 말로 표현할 수 없는 의미를 전달할 때가 있다. 말할 수 없는 탄식, 들리지 않는 신음이 보이지 않는 빛처럼 받아들이는 사람들의 가슴에 꽂히는 것이다.

말과 음식

오랜만에 고향에 가면 어머니가 음식을 이것저것 만들어 놓고 기다리신다. 물론 고마운 일이다.

내어주시는 음식은 되도록 많이 먹으려고 하지만 노력에는 한계가 있다. 나이가 들면서 적게 먹게 되었지만 어머니 생각 속의 나는 아직 어린 시절의 나로 남아 있다.

언젠가는 열심히 먹었다고 생각해서 이제 그만 먹겠다고 했더니 어머니가 조금 쓸쓸한 표정을 지으셨다. 이유를 물었더니 마지막에 내놓으려고 했던 요리는 특별히 시간을 들여 만들었는데 그것을 내가 먹지 못하게 된 것이 아쉽다는 것이다. 물론 그 요리는 먹었다.

이때의 경험은 고스란히 말과 음식의 관계를 생각하는

중요한 계기가 되었다. 말과 음식이 무슨 상관이냐고 할 수도 있겠지만 말과 음식은 생각하면 생각할수록 그 작용이 아주 비슷하다.

사람은 먹지 않고는 살 수가 없다. 음식은 우리 몸을 먹여 살린다. 피곤할 때 단것을 먹는다. 그것만으로도 무언가 치유되는 느낌을 받기도 한다. 말은 우리의 몸이 아니라 마음을 만들고 마음을 키운다. 또한 인생의 피할 수 없는 슬픔을 겪었을 때에는 깊은 위로를 주고, 목마른 마음을 물처럼 적셔 준다. 『신약 성서』에 있는 다음의 구절도 몸의 양식과 정신의 양식 사이의 긴밀한 관계를 이야기하고 있다. 어느 날 예수는 어떤 여성을 향해 말의 작용을 물에 비유하여 이렇게 말씀하셨다.

이 물을 먹는 자마다 다시 목마르려니와

내가 주는 물을 먹는 자는

영원히 목마르지 아니하리니

내가 주는 물은

그 속에서 영생하도록

솟아나는 샘물이 되리라

-「요한복음」 4장 13-14절 (프란치스코회 성서연구원 옮김)

여기서 말하고 있는 것은 말이 영혼의 갈증을 해소하는 물이라는 것만이 아니다. 말과 함께 살아갈 때, 사람은 자기 안에 마르지 않는 샘이 있음을 발견하게 된다는 것이다. 사람은 자신이 아닌 다른 누구에게 기대지 않고도 평생을 살아갈 수 있는 힘을 내면에 품을 수 있다는 것이다.

몸은 섭취한 음식으로 만들어진다. 마찬가지로 우리의 마음은 매일 접하는 말에 의해 형성된다. 음식과 말, 이 두 가지가 우리의 심신을 형성하고 있음을 다시 한번 되돌아보는 것은 의미 있는 일일 것이다.

아무도 먹어 주지 않아도 음식을 만들 수는 있다. 그런 사람도 있을 수 있다. 하지만 그것은 겉치레일 뿐 아무도 먹지 않는 것, 자신도 먹지 않는 것을 '음식'이라고 부를 수는 없다. 음식은 먹어야만 비로소 '음식'이 된다. 아무도 먹지 않으면 그저 버릴 수밖에 없다.

말도 마찬가지다. 사용한 말, 내뱉은 말은 누군가가 받아들일 때 비로소 '말'이 된다. 물론 음식과 마찬가지로 받아들이는 이가 자기 자신이어도 좋다. 오히려 자신이 먼저 받아들이는 것이 더 좋다고도 할 수 있다.

하지만 자신을 포함해 수신인을 찾을 수 없을 때 사람

의 말은 갈 곳을 잃고 만다. 그때 우리는 비로소 인간을 초월한 존재를 향해 이야기하기 시작하는 것은 아닐까.

신은 누구도 받아들이지 않는 말이라도 받아 준다. 더 나아가 사람은 신의 말을 받아들임으로써 어떻게든 살아가는 것은 아닐까. 나는 여기에서 믿음의 여부를 초월한 종교와 인간의 관계를 겹쳐서 본다. 신이 있다면, 불현듯 들려오는 인간의 목소리를 놓치는 일이 결코 없을 것 같기 때문이다.

삶의 보람이란 무엇인가

초등학교부터 시작되는 짧지 않은 학교생활 속에서 우리는 어떻게 살아야 하는가를 생각하지 않으면 안 된다고 배웠다. 딱히 누구에게랄 것도 없이 그렇게 듣고 자란 것 같다. 하지만 나이가 들면서 어떻게 살아야 하는가보다 어떻게 살아가고 있는가를 먼저 생각하게 되었다. '산다는 것'이 '살아가고 있는 것'이라 생각하게 되었다.

질문이 바뀌면 자신에게 던지는 말의 의미도 달라진다. 예전에는 '산다는 것'이 능동적인 행위라고 믿어 의심치 않았지만 이제는 이 말이야말로 가장 수동적인 상태를 가리키는 것이라 느끼게 되었다. 더 나아가 사람은 수동적일 때 가장 창조적이라고까지 생각하게 되었다.

단 하나의 말이라도 의미가 바뀌면 인생관에 변화가 일어나고, 세계관도 변모한다. '산다는 것'처럼 모든 사람이 한순간도 떼어 놓을 수 없는 문장의 경우, 그 영향력은 실로 크다.

'산다는 것'의 의미가 달라지면 '삶의 보람'도 모습을 달리한다.

'삶의 보람'이 무엇이냐고 묻는다면, 젊은 시절이라면 직장에서 성공하는 것이라고 답했을지도 모른다. 그러나 이제는 그런 것이 '삶의 보람'이라는 질문에 부합하는 것이라 생각하지 않는다. 성공은 모종의 기쁨이기는 하지만 '삶의 보람'인 것은 아니다.

'삶의 보람'은 살아가는 보람, 살아 있다는 실감, 혹은 충족감, 혹은 사는 것의 의미를 경험하는 것이라 할 수 있을지 모른다. '삶의 보람'은 자신이 살아 있는 진정한 이유의 발견이라고 할 수 있다.

반세기도 더 전(1966년)에 간행되어 지금도 계속 읽히고 있는『삶의 보람에 대하여』라는 제목의 책이 있다. 저자는 정신과 의사인 가미야 미에코神谷美惠子로 이 책에서는 '삶의 보람'이란 무엇인가를 놓고 다음과 같이 서술하고 있다.

인간이 삶의 보람을 가장 명확히 느끼는 것은 자신이 하고 싶다고 생각하는 것과 의무가 일치할 때라고 생각한다.

마음 깊은 곳에서 우러나오는 간절한 희망과 자신의 인생에 부과된 '의무'가 하나가 될 때, 그것이야말로 삶의 보람이라 하기에 적합하다는 것이다.

여기에서 의무란 누군가가 강요할 수 있는 것이 아니다. 그것은 신성한 의무이며, 어떤 사람은 그것을 사명이라고 부를지도 모른다.

이 책에서 가미야는 삶의 보람이 전적으로 개인적인 것이며, 종종 다른 사람들에게는 쉽게 이해할 수 없는 모습을 띠기도 한다고 말하고 있다. 진정한 삶의 보람은 언제나, 그 사람만의, 고유한 삶의 보람이라는 것이다.

삶의 보람을 만들기 위해 사는 것이라고 예전에는 그렇게 느꼈었다. 그러나 지금은 자신도 아직 충분히 발견하지 못한 삶의 보람에 의해 살아가고 있다고 느끼고 있다.

삶의 보람은 공기나 빛과 같은 것일지도 모른다. 그것이 없으면 한순간도 살 수 없지만, 사람은 그 혜택을 제대로 느끼지 못한다. 우리는 무엇을 위해 살고 있는지조차 충분히 이해하지 못하지만 무엇으로 인해 살아가고 있는

가 하는 것은 더욱 불명료하지 않을까.

　삶의 보람으로 살아간다. 그렇게 말하면 모순되는 것처럼 느껴질 수도 있을 것이다. 하지만 이보다 더 큰 희망은 없을지도 모른다. 고통스러워하면서도 살아가고 있다. 이 현실이야말로 삶의 보람이 존재함을 분명히 알려주고 있기 때문이다.

보이지 않는 눈물

존경하고 좋아하는 여성 문인과 이야기를 나누던 때의 일이다. 예기치 않게 대화가 슬픔에 관한 이야기로 번졌다. 그때 그분이 가슴속 이야기를 털어놓으며 이렇게 말했다.

"슬플 때 마음껏 울 수 있었다면 분명 달라졌을 텐데……"

그렇게 말한 뒤 이어서, 젊은 날 결혼을 하고 얼마 지나지 않아 배우자가 전쟁터에 나가 그대로 돌아오지 못하는 사람이 되었다는 이야기를 들려주었다. 그 사람을 생각하면 울지 않고는 견딜 수가 없었다고 했다. 하지만 울고만 있으면 자신이 살아갈 힘을 잃게 될까 두려웠다고도 했다. 어느 때부터 슬픔이 차오르는 것은 멈출 수 없었지만 우는 것은 멈춰야겠다고 생각했다고 한다. 그때 이후로 비탄 때문에 울지 않게 되었을 뿐만 아니라 아예 울지 않게 되었다고 그분은 말했다.

이 일이 잊히지 않는 것은 이야기의 내용이 감동적이었기 때문이다. 그러나 이보다 더욱 인상 깊었던 것은 울지 않게 되었다고 말하는 그분의 가슴에 여전히 보이지 않는 눈물이 흘러내리고 있는 것이 고마웠기 때문이기도 했다.

견디기 힘들 정도의 슬픔 속에서도 사람은 눈물 한 방울 흘리지 않을 수 있다. 심지어는 슬픈데도 눈물조차 나오지 않을 때가 있다. 눈물이 말라 버린 것이다. 그 또한 우리의 현실이 아닐까.

미야자와 겐지宮澤賢治의 「소리 없는 통곡無聲慟哭」이란 시 작품이 있다. '통곡'이란 소리 내어 우는 것, 그것도 '곡哭'이란 한자에 '개犬'가 포함되어 있듯이 짐승처럼 울부짖는 것을 뜻한다. '통慟'은 죽은 사람을 애도하는 것을 뜻한다. 소중한 사람을 잃었을 때 통곡한다. 그러나 통곡이 깊어지면 사람은 목소리를 잃을 수 있다. 그것이 겐지가 시로 쓴 통곡의 경험이었다.

운다는 것은 예로부터 시의 글감이 되고는 했다. 『고금
와카집古今和歌集』에도 「저세상 사람은 모른다よみ人知らず」라고
전해지는 다음과 같은 시 한 수가 수록되어 있다.

죽은 이의 집에 귀 기울이니 두견이 소리만 울고 있구나

-「제16수」, 855쪽

'두견이여, 만약 고인의 집에 간다면 마찬가지로 나도
그 사람을 생각하며 울고 있다고 전해 달라'는 것이다.

와카의 세계에서 '두견'은 이 세상과 저세상을 이어 주
는 존재로 시에 등장하고는 한다.

'소리音만 울고 있구나'란 구절은 현대어로 '소리聲 내어
울고만 있다'로 옮기는 경우가 많다. 결코 틀린 말은 아니
지만 '소리音'라는 말을 현대어의 '목소리聲'로 옮기는 것만
으로는 다할 수 없는 무언가가 숨겨져 있다. '소리音'에는
귀에 들리지 않는 소리音, 목소리가 되지 않는 소리聲, 무
음의 울림이라고 할 수밖에 없는 것이 포함되어 있는 것
은 아닐까.

사람은 슬플 때뿐만 아니라 마음속 깊은 곳에서 기쁨
을 느낄 때에도 운다. 더 나아가 슬픔에 빠져 있으면서도

행복을 되새기기도 한다.

눈물을 흘리며 죽은 이의 부재를 애도하면서도 만남의 의미를 되새기고 깊은 행복을 느끼기도 한다. 그런 일은 결코 드문 일이 아니다.

슬픔의 반대말이 무엇이냐고 물으면 기쁨이라고 대답하는 사람도 있을지 모른다. 그러나 인생은 전혀 다른 종류의 진실을 알려 준다. 두견이 산 자의 세계와 죽은 자의 세계를 이어 주듯 눈물을 통해 슬픔과 기쁨은 저 깊은 곳에서 서로 이어져 있는 것은 아닐까.

닮은 듯 다른

중세 유럽의 신학자 니콜라우스 쿠자누스^{Nicolaus Cusanus}의 『박학한 무지』(이와사키 치카쓰구^{巖崎允胤}/오오이데 테츠^{大出哲} 옮김)를 읽다 보면 진리에 가까이 가려는 사람은 비교를 피하지 말아야 한다고 언급하고 있다.

다만 이 학자가 말하는 '비교'는 현대인이 생각하는 것과는 전혀 다른 의미다. 우리는 아름다움과 추함, 길고 짧음, 우열 등을 판단하기 위해 비교를 일삼지만 쿠자누스에게는 각각의 고유성을 찾아내려는 시도였다.

예를 들어 나쓰메 소세키^{夏目漱石}와 모리 오가이^{森鷗外}를 비교한다고 하자. 현대인은 어느 한쪽 편을 들어 결론을 내리지만 이 신학자에게 비교는 소세키의 진실, 오가이의 진실이 저마다 떠오를 때까지는 끝나지 않는 작업이었다.

절대성을 발견하기 위한 비교라고 하면 조금 어렵게 들리겠지만 이러한 작업이야말로 사람이 자신을 발견하고자 할 때 필수적인 것은 아닐까. 이 책을 읽으면서 다시한번 고전의 저력 같은 것에 놀랐다. 기록된 것은 1440년, 약 600년의 세월이 흘렀지만 거기서 말하는 것의 확실성은 조금도 흔들림이 없었다.

닮은 듯 다르다는 표현이 있듯이 비슷해 보이지만 전혀 다른 것들이 세상에는 많이 있다. 행운과 행복은 반드시 같지 않고, 성공과 행복도 같은 뜻은 아니다. 동사에서도 동일한 경우가 있다. '베푼다'와 '나눈다'는 언뜻 보아 그 차이를 알기 어렵지만 마음가짐에 있어서는 전혀 다른 상황이 그 속에 깔려 있다.

'베푼다'고 할 때 주체가 되는 것은 대부분 이른바 강자다. 경제적으로 부유한 사람이 경제적으로 가난한 사람에게 돈을 베푼다. 금전이 아니어도 좋다. 기회를 '베푼다'고도 할 수 있을 것이다. 여기에도 이미 입장의 강약이 분명하게 의식되고 있다. 또한 우리가 '베푼다'고 할 때 베푸는 것을 자신이 소유하고 있거나 혹은 자신의 권한 아래 있다고 확신하고 있는 것은 아닐까.

반면 '나눈다'라는 현상은 주고받는 관계와는 상관없는 곳에서만 이루어진다. 나누는 것의 중심에는 누군가가 소유한 것이 아니라 누군가에게 주어진 것이기 때문이다. 자신의 것이라기보다 누군가의 작용으로 자신의 손안에 있다고 느끼는 것, 그것을 사람들은 나눈다.

먹을 것이 한정된 곳에서 한 덩이 빵을 이웃과 나누는 것. 그것이 진정한 의미의 나눔이라고 할 때 빵을 내어놓는 사람은 자신이 빵을 '베푼다'고 생각하지 않는다. 굶주린 두 사람이 여기에 있다. 나누지 않을 수가 없다. 이것이야말로 나눔의 원천이다.

인도에서 가난한 사람들과 함께 살았던 마더 테레사 수녀는 가난한 사람들이야말로 자신의 '스승'이라고 늘 말했다. 사람은 '스승'에게 결코 무언가를 베풀 수가 없다. 그녀는 '베푼다'와 '나눈다'는 말의 차이를 두고 이렇게 말하고 있다.

저축을 하면 할수록 베푸는 기회를 잃어버리고 맙니다.
지닌 물건이 적을수록 사람들과 나누기도 쉬워집니다.

-『마더 테레사, 사랑과 기도의 말マザー・テレサ 愛と祈りのことば』
(와타나베 카즈코渡邊和子 옮김)

여기에서 '저축'이라고 말하는 것이 재산만을 가리키는 것은 아니다. 우리 내면의 미덕도 다르지 않을 것이다. 고통받는 사람들에게 다정하게 말을 건네는 것은 그 사람에게 금전을 주는 것과는 전혀 다른, 그러나 심오한 의미와 가치를 나누는 것이 아닐까.

말은 줄어들지 않는다. 그뿐만 아니라 말은 깊은 곳에서 터져 나올 때 말이 건네지는 장소를 한층 더 풍요롭게 만드는 속성이 있다. 말을 나눈다. 말이 영혼의 양식이라는 것을 다시 한번 되새겨도 좋을 듯하다.

눈眼의 힘

　사람은 누구나 매일매일 늙어 가고 있다. 엄숙한 사실이지만 그렇게 말하면 조금은 못마땅한 기분이 들지도 모른다. 하지만 늙는다는 것은 단순히 무언가를 잃어 가는 것이 아니다.

　한학자인 시라카와 시즈카白川静가 편찬한 사전『자통字通』을 펼치면 '노老'자에는 '늙다, 쇠하다' 외에 '되다, 뛰어나다'와 같은 의미가 있다고 적혀 있다. 확실히 언뜻 보기에 노인은 늙어 가는 사람으로 보일지 모른다. 하지만 그 내면에는 삶에 정통하고, 정신적으로 젊은이들보다 뛰어난 점이 적지 않을 것이다.

　시라카와 시즈카의 사전은 읽는 것만으로도 매우 흥미

롭다. 단어는 사물의 이름을 지칭하는 기호인 것만은 아니다. '노老'라는 글자만 보아도 알 수 있듯이 지금까지 살아온 사람들의 삶의 방식이 담긴 저장고라 할 수 있다. 기쁨도 슬픔도, 성공도 좌절도, 방황과 고통도 그리고 큰 발견에 이르는 과정까지도 하나의 한자 속에 의미로 저장되어 있다.

'노안老眼'이란 말에도 '노인이 되어 시력이 약해진 눈'이란 뜻 외에도 '노련한 안목'이라는 뜻이 있다고 한다. '노련한 안목'이란 인생 경험을 쌓아 왔기에 볼 수 있고, 느낄수 있는 통찰력이라고 할 수 있다.

어느 정도 나이가 들면 누구에게나 노안이 찾아온다. 가까운 것이 잘 보이지 않거나 빛을 예전처럼 받아들이지 못하게 된 육체적 변화뿐만 아니라 '노련한 안목'이 몸에 배게 된 것일 수도 있다. 하지만 그렇게 말하는 사람은 많지 않다.

'늙음'이라는 인생극의 막이 오를 때, '눈目'과는 다른 또다른 '눈眼'이 열린다. '노련한 안목'을 가진 사람은 엄격하고 때로는 날카롭게 세상을 바라보지만 동시에 쉽게 꺼지지 않는 따뜻함도 함께 지니고 있다.

시인인 이쿠라 고헤이以倉紘平는 시 창작과 병행해 30여

년간 야간 고등학교의 교사로 일했다. 그는 당시의 경험을 『야간 학생夜学生』(편집공방노아)이라는 제목의 책으로 정리했다. 그는 이 책에서 "인간의 행위라는 것은 냉정하게 보면 모두 우스꽝스러워 보인다. 희극적으로 보이는 것이다"라고 말한 뒤 이렇게 이어 간다.

결혼식 날 등교하는 것도, 버스 안내원과의 이별에 눈물을 흘리는 것도 냉정한 눈을 가진 인간에게는 다르게 비칠 것이다. 현대는 냉정한 시대다. 약은 체 살아가는 시대다.

'눈耳'은 세상사를 효율적으로 판단한다. 하지만 '눈眼'은 '눈耳'에 보이는 세상 뒤편에 숨어 있는 것을 바라보며 '차가운 시대'에는 뜨거움을, '냉정한 시대'에는 따스한 마음을 되찾으려 한다.

'노안'이 왔음을 깨달았던 때를 잘 기억한다. 첫 번째 책을 다 썼을 때 얼마 전까지 선명하게 보이던 것들이 보이지 않았다. 하지만 그 순간, 눈에는 보이지 않는 의미의 세계를 마음속 깊은 곳에서 느끼기 시작했다.

개안開眼이라는 말이 있다. 무언가에 눈을 뜬다는 뜻이지만 동시에 그동안 보이지 않던 것이 보이게 된다는 의미도 있을 것이다. '눈眼'에는 보이지 않는 것을 보는 작용이 있다. 말의 이면에 있는, 말로 표현할 수 없는 의미를 느끼는 것이 바로 '눈眼'의 작용과 다를 바 없다.

다섯 개의 눈

눈앞에 있는데도 보이지 않는다. 노안이 오면 그런 일이 일상이 된다. 달리 말하면 어쩔 수 없는 자신을 받아들일 수밖에 없게 된다.

이런 노화를 겪으며 당황하고 짜증을 낸 적도 있겠지만 세월이 지나면서 느끼는 방식도 달라진다. 자신을 의심하게 되는 것이다.

자신을 의심한다고 하면 잘 이해되지 않을 수도 있기에 자아가 작아진다고 하는 편이 더 나을지도 모르겠다.

여기서 말하는 자아는 불교에서 말하는 소아다. 소아는 인간이고, 대아는 부처다. 소아는 대아의 도움 없이는 살아갈 수 없지만 그 사실을 잘 알지 못한다. 자신의 힘으로 살아가고 있다고 착각하고 있다.

자신을 의심하지 않는다는 것은 자신감이 있다는 또 다른 표현이지만 이런 때의 자신감도 소아의 방황이기 때문에 금방 과대망상에 빠지기 쉽다. 자신감에서도 '지나침은 모자람만 못하다'는 이치는 변하지 않는다. 소아가 대아에 가까워지는 것은 커지는 것이 아니다. 오히려 작아짐으로써 대아에 가까워지는 것이다.

더 정확히 말하면 작아지는 것이 아니다. 큰 것의 존재를 분명히 인식하고 자신의 작음을 인정하는 것이 온전히 작아지는 것이다. 늙는다는 것은 인생에 의해 허약한 자신감과의 결별을 강요당하는 것일지도 모른다.

젊음은 성장기의 다른 이름이며, 커지는 것을 지향하는 시기이기도 하다. 젊을 때는 그것으로 충분하다. 하지만 성장이 아닌 성숙을 요구받을 때 언제까지나 커지려는 욕구를 가지고 있으면 길을 잃을 수 있다. 성장은 위를 향해 싹을 틔우는 것이지만 성숙은 땅에 깊이 뿌리를 내리는 것이기 때문이다.

노안이 오면서 그림을 보는 방식도 달라졌다. 예전에는 그림을 앞에 두고 눈의 힘으로 아름다움을 포착하듯 바라보았다. 그런 시각으로 파악할 수 있는 것도 분명 있다. 하지만 그것이 아름다움의 본질인지는 알 수 없다.

'보려고' 할 때 우리는 보이는 것만 보고 그것을 현실이라고 착각한다. 달리 말하면 '보려는' 눈으로는 결코 볼 수 없는 것이 있음을 잊고 있는 것이다. 자신의 눈이 지닌 불완전함을 간과하고 있는 것이다.

노안이 되면 눈의 힘은 현저하게 약해진다. '움켜쥐는' 힘이 없어졌기 때문에 무언가가 찾아오기를 가만히 기다리게 된다. 그림 앞에 가슴을 펴고 서 있다. 예전에 비해 그림을 보는 데에도 시간이 걸린다.

이런 일을 반복하면서 그림과의 관계가 달라졌다. 언제부턴가 아름다움이 마음의 문을 두드리는 것처럼 느껴지게 된 것이다. 그것은 마치 잡으려고 할 때는 도저히 만질 수조차 없던 새가 가만히 서 있는 척하면 먼저 다가오는 것과 비슷하다.

예전에는 그림을 눈으로만 보았다. 지금은 옛사람들이 말하는 마음의 눈으로 바라보고 있는 것이 아닌가 생각한다.

불교에서는 다섯 개의 눈, 오안五眼이 있다고 한다. 노안이 되는 것은 육안이다. 보이지 않는 것을 보는 '천안天眼', 지혜의 눈인 '혜안慧眼', 큰 이치인 법을 인식하는 '법안法眼',

그리고 부처의 눈인 '불안佛眼'이다.

다섯 개의 눈이 열리는 것은 멋진 일이겠지만, 두 번째의 천안부터 이미 시각을 훨씬 뛰어넘는 인식이 작용한다. 천안은 사람의 마음속에 있지만 말할 수 없는 것을 느끼는 것이기 때문이기도 하다.

누구에게도 말하지 않거나 누구에게도 말할 수 없는 소중한 것은 어떤 누군가의 마음에도 있다. 소중한 것인만큼 말로 되어 나오지 않는다고 할 수 있다. 다른 사람의 마음을 모두 알 수 없듯이 우리는 자신의 마음 또한 꿰뚫어 볼 수가 없다.

우리는 더러 자신의 마음을 자신이 가장 잘 안다고 확신한다. 그러나 천안으로 바라보지 않으면 안 되는 것은 다른 사람의 마음이라기보다는 자신의 마음이 아닐까. '바라보다'는 한자로 '조瞶'라고 한다. 그것은 단순히 사물을 눈으로 보는 것이 아니다. 바라본다고 할 때 우리가 감지하는 것은 보이는 것보다 어떤 것의 '징후'다. 『어린 왕자』의 작가 생텍쥐페리는 '바라보다'라는 말을 이렇게 썼다.

만약 누군가가 수천, 수백만 개의 별 중에 단 하나밖에 존재하지 않는 꽃을 사랑한다면, 그 사람은 그것만으로 밤

하늘을 바라보며 행복할 수 있을 것이다. 그 사람은 "저 어딘가에 내 꽃이 있겠지……"라고 생각한다.

-『어린 왕자』(야마자키 요이치로山崎庸一郎 옮김)

육안의 힘만으로는 '별'에 피어난 '꽃'을 볼 수 없다. 그러려면 하늘을 보는 눈이기도 한 천안이 뜨이지 않으면 안 된다.

여기에서 '별'은 우리의 '마음'이고, '꽃'은 그 깊숙한 곳에, 옛사람이 '영혼'이라고 불렀던 곳에 있다. 천안은 멀리 있는 것을 보는 눈이 아니다. 우리 자신의 내면세계를 바라보는 눈인 것이다.

셋

마지막 말

❙ 황금의 말

광산에서 황금을 발견할 수 있는 사람은 한정되어 있다. 어지간히 운이 좋은 사람이 아니면 오늘날에는 그런 일이 일어나지 않는다. 그러나 '황금'이라는 낱말을 지상 최고의 가치가 있는 것으로 바꾸어 읽어 보자. 그렇게 하면 완전히 다른 지평이 열린다. 반짝이는 금속을 발견하는 것은 가능하지 않더라도 자신의 인생을 밝히는 문장은 도처에서 만날 수 있는 것이 아닐까.

1961년 49세의 나이로 세상을 떠난 오치 야스오越知保夫라는 비평가가 있다. 사랑이나 아름다움, 성스러움 혹은 사명, 죽은 자 등등 눈에 보이는 존재를 지탱하는 실재라고 부를 만한 것들을 생애를 걸고 탐구한 문학자였다. 생전에는 두세 편의 번역서와 관서 지역 동인지에 작품을 발표했을 뿐이고, 스스로 쓴 책을 세상에 내놓은 적도 없었던 인물이지만, 세상을 떠난 지 60년 이상이 지난 지금까지도 그의 작품은 새로운 독자를 계속 만나고 있다. 오치 야스오는 독실한 가톨릭 신자로, 철학자인 요시미쓰 요시히코吉満義彦를 스승으로 삼았다. 마찬가지로 요시미쓰에게 가르침을 받은 엔도 슈사쿠가 오치 야스오의 작품을 마주했을 때의 인상을 다음과 같이 쓰고 있다.

> **이 평론집의 저자, 고故 오치 야스오 씨는 작품의 수도 적고, 그 이름도 나카무라 미츠오中村光夫, 야마모토 겐키치山本健吉, 히라노 켄平野謙 같은 일부 사람에게를 제외하고는 문단에서도 잘 알려지지 않았다. 그러나 나는 사막 한가운데에서 금맥을 발견한 것 같은 기쁨을 느끼며 이 작품을 끝까지 읽을 수 있었다.**

'사막 한가운데에서 금맥을 발견한 것'이란 전혀 예상치 못한, 놀랄 만한, 뜻깊은 사건의 상징이겠지만 여기서 생각해 보고 싶은 것은 미지의 사람에게 그렇게 말할 때 그 문장이 가진 힘에 있다. 여기서 말하는 '금'이란 반짝

인다거나 가치가 높다는 것만을 의미하지 않는다. 그것은 부식하지 않으며, 빛을 잃지 않는 무언가를 가리키고 있는 것이리라.

이러한 문장은 책이나 잡지, 혹은 텔레비전 같은 곳에서 다른 사람으로부터 나오게 되는 경우도 있다. 그러나 우리는 자신이 진정 필요로 하는 문장을 자신의 손으로 쓸 수도 있다.

2017년, 나는 처음 시집을 출간하였다. 문필로 생계를 꾸리기는 했지만 나 자신이 시를 쓰게 될 것이라고는 생각조차 하지 않았다. 그러나 쓰다 보니 시는, 인생에 있어도 없어도 그만인 것이 아니라 없어서는 안 되는 것이라고 느끼게 되었다.

여기에서 말하는 '시'란 교과서에 수록되어 있는 것과 같은 작품만을 가리키는 것은 아니다. 그것은 간단히 말로 표현할 수 없는, 지나가 버린 추억임을 알면서도 쓰지 않을 수 없는, 그런 마음가짐으로 기록된 말의 총칭이다.

소중한 사람에게 보내는 편지나 연애편지, 혹은 유언을 쓸 때 많은 사람들이 이러한 태도로 펜을 잡을지도 모른다.

나는 <읽기와 쓰기>라는 소규모 인원을 대상으로 하

는 강좌를 진행하고 있다. 거기에 모인 사람들 대부분은 지금까지 한 번도 정리된 글을 써 본 적이 없지만 마음속 어딘가에는 글을 써 보고 싶다고 생각하는 사람들이다.

참가자는 어느덧 천 명을 넘어섰다. 그중 많은 사람이 언젠가부터 시를 쓰게 되었다. 그리고 그 시가 정말 멋진 것에 놀라고 있다. 칭찬을 받기 위해, 평가를 받기 위해서가 아니라 자신이 분명하게 느끼고 있는 것을 열심히 언어라는 그릇에 옮겨 담는다. 그때 우리는 마음의 어둠을 밝히는 힘차고 아름다운 황금의 언어와 만난다.

시집을 남기고 죽는 사람은 많지 않다. 시집을 출간해 보기 전까지는 이것에 의문을 가질 것도 없었지만 지금의 실감은 전혀 다르다. 모든 사람은 누구나 내면에 시를, 시인을 품고 있다. 누구나 적어도 한 권의 시집을 내면에 간직하고 있다. 나는 그렇게 확신하고 있다.

마음의 물

마음이 탄다, 마음이 메말라 있다, 마음에 윤기가 없어졌다는 식으로 더러 말하고는 한다. 물이 없으면 몸의 균형을 유지할 수 없듯이 마음에도 물을 공급해 주어야 한다.

목이 마르면 누구에게 묻지 않고 컵에 물을 따라 마신다. 하지만 마음에 갈증을 느낄 때 우리는 무엇을 해야 좋을까?

인생은 종종 황야에 비유된다. 황야에 있으면 갈증을 느낀다. 물병이 없다면 누군가에게 물을 달라고 부탁해야 한다. 그곳에 사람이 있으면 다행이겠지만 아무도 없다면 조용히 숨죽여 기진할 때까지 기다릴 수밖에 없다.

인생이란 이름의 황야에서 마음의 갈증을 해소할 수 있는 또 다른 방법이 있다. 옆에 아무도 없다 하더라도 스스로에게 말을 걸면 된다.

몸의 갈증을 해소하는 것이 물이라면 마음의 갈증을 해소할 수 있게 해 주는 것은 말이다. 마음에 갈증을 느낄 때 우리가 거의 본능적으로 말을 찾는 것은 이 때문이다.

남에게 보내는 편지를 쓸 수는 있지만 자신에게 보내는 편지를 쓰는 일은 쉽지 않다. 어찌해서 쓰기 시작해도 도중에 우스운 노릇이라 생각될 것이다.

그러나 시라면 자신 말고는 아무도 읽어 주지 않는다고 해도 쓸 수 있지 않을까. 누구에게도 보여 주고 싶지 않다, 그렇게 생각하면서 시를 쓰기도 하는 것이다.

시 같은 것은 써 본 적이 없다고 말하는 사람도 적지 않을 것이다. 어느새 시는 세상이 '시인'이라 규정하는 사람들의 전유물이 되고 말았다. 하지만 예전부터 그랬던 것은 아니다. 귀족이 읊은 와카와는 별도로 '가요'라는 민중의 노래가 있었고, 하이쿠는 그 발생부터 민중의 것이었다. 그러니 시 또한 민중의 것으로 되돌려주어도 좋을 것이다.

오키나와에서 태어난 야마노구치 바쿠山之口貘(1903~1963)

라는 시인이 있다. 그는 가난한 생활 속에서 절절한 것을 시로 노래해 읽는 사람들을 매료시켰다. 그는 「살다 보면生きる先々」이란 제목의 작품에서 시는 있으면 좋은 것이 아니라 없어서는 안 되는 것이라고 쓰고 있다.

> 내게는 꼭 시가 필요한 것이다
>
> 슬플 때에도 시가 필요하고
>
> 외로울 때에도 시가 없으면
>
> 더욱 외로워질 뿐이다
>
> 내게는 언제든 시가 필요한 것이다
>
> 배가 고플 때에도 시를 썼고
>
> 결혼하고 싶었던 때에도
>
> 결혼하고 싶다고 말하는 시를 썼다

여기에서 노래하고 있는 '시詩'는 문학 작품으로서의 시일 뿐만 아니라 시정詩情이라 말할 수 있는 마음의 상태이기도 하다. 시정이란 겪은 일에서 의미를 찾으려는 충동이자 보이는 것의 이면에 감추어져 있는 실재를 느끼고자 하는 시도의 원천이기도 하다. 그리고 지나가는 것에서 영원한 것을 찾으려는 기도와 같은 행위의 원동력이

기도 하다.

시를 써 본 사람은 많지 않을 것이다. 그러나 기도를 해본 적이 없는 사람은 없지 않을까. 특정한 신앙을 가지고 있지 않더라도 사람은 기도하지 않을 수 없는 순간이 있기 때문이다.

시라는 것을 쓰려고 생각하지 않아도 좋다. 그저 기도를 그대로 말로 표현하면 된다. 간절한 것을 구하는 모습을 그대로 솔직하게 말로 표현하면 된다. 거기서 나오는 모든 것은 세상에 둘도 없는 자신에게 보내는 '편지'가 되고, 그 말은 저절로 시가 되기 때문이다.

시간을 되찾다

벌써 몇 년 전 일이다. 갑자기 텔레비전이 소리가 나지 않았다. 그러다 어느 정도 시간이 지나면 갑자기 소리가 나기도 했다. 그대로 두었더니 어느 날은 화면까지 나오지 않았다.

새것을 사야겠다고 생각했지만 기종을 고르느라 골몰하는 사이 텔레비전을 보지 않는 생활이 이어졌다. 놀라운 것은 생활에 전혀 지장이 없다는 것이었다. 오히려 시간의 흐름이 확연히 달라졌다. 텔레비전을 안 본다는 간단한 일로 이렇게까지 생활에 변화가 있을 줄은 몰랐다. '나의 시간'을 되찾게 된 것이다.

미하엘 엔데Michael Ende가 쓴 『모모』라는 판타지 명작이 있다. 이 작품은 '시간 도둑'의 이야기라고들 말한다. 틀린 말은 아니지만 그것만으로는 이 이야기의 본질을 제대로 말하고 있다고 하기는 어렵다.

'모모'는 주인공 여자아이의 이름으로, 모모가 인간에게서 시간을 빼앗는 '회색 남자들'과 벌이는 투쟁을 둘러싸고 이야기는 전개된다. '투쟁'이라고 했지만 무력이나 무기를 사용하지는 않는다. 이 작품에서 던지고 있는 질문은 마음의 힘, 다시 말하면 영혼의 힘이라는 것이다.

'회색 남자들'은 만나는 사람들에게 더욱 효율적으로 시간을 쓰라고 부추긴다. 돈이 되는 것, 권력을 갖는 것, 허영심을 채우는 데 시간을 할애해야 하며, 사랑과 신뢰, 격려와 위로 같은 것에 시간을 할애하는 것은 그저 낭비일 뿐이라고 부추긴다. '회색 남자들'에게 설득된 사람들은 사회적 성공을 누린다. 바라던 것을 손에 쥐는 것이다.

반면, 그들은 예전에 가장 소중하게 여겼던 것들을 잃게 된다. 사랑하는 사람들과 자기 자신, 곧 생활과 다른 인생의 의미를 잃고 마는 것이다.

텔레비전뿐만 아니라 컴퓨터, 스마트폰 같은 편리한 것들은 조심스럽게 사용하지 않으면 우리의 시간을 빼앗아간다. 『모모』가 발표된 때가 1973년, 지금으로부터 50년

전이다. 당시에는 SNS는 물론 인터넷도 없었다. 새삼스럽게 다시 이 작품을 읽으면서 등골이 서늘해지는 것은 '회색 남자들'이 스마트폰으로 되살아난 것처럼 느껴졌기 때문이다.

사람들은 대부분 돈을 빌려달라는 말을 들으면 꺼림칙한 표정을 짓는다. 그런데 언제부터인가 그다지 유익하지 않은 일에 시간을 빼앗겨도 불편함을 느끼지 않는 경우가 있다. 정말 한정되어 있는 것은 어느 쪽일까? "시간은 돈이다"라는 말이 있다. 여기에서 '돈'은 금전이라기보다 가치 있는 것, 그 이상의 의미이지만 우리는 가치 있는 무언가를 놓치고 있는지도 모른다.

나의 경우에는 생활이 바뀌면 독서가 달라진다. 비록 어려울 때라도 생활에 충만함이 있으면 필요한 책이, 더 정확하게는 문장이 어디선가 찾아온다. 시간을 되찾아야겠다고 마음을 다잡고 있을 때 예전에 읽었던 시가 조용히 찾아왔다. 이바라기 노리코茨木のり子의 『기대지 않고倚りかからず』에 수록된 「시대에 뒤떨어져時代おくれ」라는 제목의 시다.

자동차가 없다

워드 프로세서가 없다

비디오 데크가 없다

팩스가 없다

컴퓨터 인터넷 본 적도 없다

하지만 별다른 지장이 없다

그렇게 정보를 모아서 무얼 하려는지

그렇게 서둘러 무얼 하려는지

머리는 텅 빈 채로

금방 낡아 버리게 될 잡동사니는

우리 산문ᴟᴹ으로 들어오지 못해

  몇 해 전 이바라기 노리코가 살던 집을 방문할 기회가 있었다. 30여 년 전의 생활이 그대로 살아 있는 것 같은 공간이었다.

  쉽게 낡지 않는 말은 이런 곳에서 한 문장, 한 문장씩 묶여, 세상에 툭 던져졌던 것이다.

부족한 것과 간절한 것

'무엇이든 부족한 게 없는 편이 낫지 않겠어?'라고 생각할 수도 있다. 하지만 부족한 점이 오히려 큰, 아니 대체할 수 없는 매력이 되는 경우도 적지 않다.

종종 나누곤 하는 대화 중에는 마지막 식사로 무엇을 먹고 싶은지를 주고받기도 한다. 처음에는 농담 삼아 지금까지 먹어 본 것 중 가장 호화로운 것을 꼽기도 하지만, 대화가 진지해질수록 우리는 친숙한 음식에 관심을 기울이기 시작한다.

누군가는 어머니가 만들어 준 소박한 음식을, 누군가는 인생의 동반자가 만들어 준 정성이 담긴 음식을 떠올릴 수도 있다. 아무튼 남들이 보기에는 그 의미를 알 수 없지만 그 음식을 생각하는 것만으로도 가슴이 벅차오르는, 그런 경험들이 적지 않을 것이다. 그 음식들에는 어떤 의미에서 '부족함'이 없지 않을 것이다. 그러나 어떤 누군가는 다른 누구도 만들 수 없는, 세상에 단 하나뿐인 부족한 그것을 고스란히 기억하는 것이다.

근대 일본을 대표하는 사상가 중에는 스즈키 다이세쓰鈴木大拙(1870~1966)라는 인물이 있다. 본명은 테이타로貞太郎이고, 다이세쓰라는 이름은 불교 수행자로서의 이름으로 법명이라고도 불린다.

이 이름 다이세쓰大拙의 '대大'는 작은 것의 반대말이 아니다. 어감상으로는 '뛰어넘을 초超'에 가깝다. 다이세쓰란 부족한 것을 감싸안으며 넘어서는 것과 다르지 않다. 부족한 것이 간절함의 근원이라는 의미도 다이세쓰라는 이름에는 담겨 있는 것 같다.

부족함까지 사랑하기에 애틋한 것이 된다. 그런 일을 사람은 살아가는 도중에 몇 번씩이나 경험할 것이다. 부족함이 있는 친숙한 것들, 시인 릴케는 그런 것들을 '일상의 풍요로움'이라고 지칭했고, 그것이 시를 탄생시키는 원천이라고 했다.

만약 당신의 일상이 비록 빈곤해 보일지라도 그것을 탓하지 말고 당신 자신을 탓하십시오. 창조하는 자에게는 가난도 없고, 지나쳐 버려도 좋을 빈곤한 장소도 없는 법이기에 일상의 풍요로움을 불러낼 수 있을 정도로 훌륭한 시인이 되지 못하는 당신을 자책하라는 말입니다.

－『젊은 시인에게 보내는 편지』(고안 쿠니세이 옮김)

일상의 생활이 가난한 것이 아니다. 일상에서 가난함밖에 발견하지 못하는 자신을 다시 한번 돌아보는 것이 좋겠다고 말하고 있는 것이다.

비슷한 일은 다양한 상황에서 일어난다. 예를 들어 싫어하는 사람이 내뱉는 말에서 좋은 점을 찾기가 어렵다는 것을 떠올리는 것만으로도 릴케의 말이 진리임을 깨닫게 될 것이다.

앞서 인용한 구절은 앞으로 시를 쓰려는 젊은이에게 보내는 편지에 적혀 있다. 릴케가 여기서 젊은 시인에게 경계하고 있는 것은 인생을 피상적으로만 바라보지 말라는 것이다.

같은 말은 문장에도 적용될 수 있다.

반복해서 고치면 '문장의 면모'는 정돈되고, 모양새는

좋아진다. 반면 '숨결'이 사라지는 경우도 있다. 손을 대기 전에는 확실히 미숙했지만 생명력은 있었다. 그런데 고치면 고칠수록 겉모습은 좋아지지만 뜨거운 꿈틀거림은 단정한 문장 속에 갇혀 버리고 만다.

마음에서 마음으로 말을 전하려면 슬픔, 분노, 고통, 고민, 조바심, 그런 것들도 있는 그대로 전달해야 한다. 그리고 그 문장에는 언제나 무엇으로도 대체할 수 없는 부족함이 함께 존재하기 마련이다.

유창한 고백, 이런 문장은 진정한 의미를 담지 못한다. 우리는 그 유창함에 숨겨진 거짓이 있다는 것을 직관적으로 감지하기 때문이다.

▌ 마지막 말

여생이 얼마 남지 않은 사람들이 최후의 날을 보내는 '호스피스'라는 시설이 있다. 그곳에는 의사도 간호사도 있지만 적극적인 치료는 하지 않는다. 통증과 고통을 완화하는 '완화 치료'를 시행할 뿐이다. 최근 들어 완화 치료가 반드시 말기에만 이루어지는 것이 아니게 되었지만 말기에 완화 치료가 필요하다는 사실은 변함이 없다.

예전에는 병에 관한 일은 본인에게 알리지 않는 경우가 많았다. 가족들만 그 사실을 알게 되는 시대가 있었다. 하지만 오늘날은 다르다. 호스피스에 입소하는 사람들 대부분은 자신의 마지막이 멀지 않았다는 것을 알고 있다. 물론 가족들도 마찬가지다.

벌써 10여 년 전쯤, 어느 시기 호스피스에 다녀온 적이 있다. 직장 스승이 시한부 선고를 받고 호스피스에서 마지막 날들을 보내고 있었다. 두 시간 반 정도 걸리는 거리였지만 방문해도 오래 이야기할 수 없었다. 다만 이때 의미의 응축이라고 할 수밖에 없는 것을 여러 번 경험했다. 많지 않은 말 속에 아무리 퍼내도 다하지 못하는 의미가 담겨 있는 것이었다.

그는 한때 나의 상사였다. 당시에는 너무 엄격한 사람처럼 느껴졌지만 독립해 회사를 창업하고 보니 그 사람이야말로 내 미래를 내다보고 있었다는 것을 깨달았다. 이에 대해 깊은 감사를 전한 것은 그 회사를 그만둔 지 1년 반 정도 지나고 나서였다.

마지막으로 방문했을 때였던 것으로 기억한다. 그는 미안한 표정으로 이렇게 말했다.

"긴 시간을 들여 찾아왔는데 미안하지만 오늘은 이 정도만 하고 돌아가도 되겠습니까? 이제부터 목사님 말씀을 들어 줘야 하거든요."

기독교계 호스피스였기 때문에 임종을 앞둔 사람들의 이야기를 듣기 위해 목사가 자주 찾아오곤 했던 것이다. 예전 상사는 신앙인이 아니었다. 하지만 죽음 앞에서 주눅 들지 않는 모습에서 믿음 이상의 것을 느꼈다.

그때 그는 확실히 목사님의 이야기를 '들어 줘야 한다'
고 했다. 그에게도 약에 의지하는 마음과 다를 바 없이 종
교인에게 묻고 싶은 것이 있었다고 생각할 수도 있다. 그
러나 그때 그가 겉으로 드러내는 모습은 전혀 다른 풍경
이었다. 오히려 죽어 가는 자로서, 앞으로도 죽어 가는 이
들을 대하는 종교인들에게 죽음이란 무엇인가에 대해 이
야기해 주어야 할 것이 있다. 그런 작은 결심을 품고 있는
것처럼 느껴졌다.

사람은 언젠가 죽는다. 아니, 반드시 죽음을 맞이한다.
더 나아가 매일 우리는 멈추지 않고 죽음을 향해 나아가
고 있다고도 할 수 있다. 하지만 죽음은 피할 수 없는 사
건일 뿐만 아니라 어떤 의미에서는 인생에서 가장 고귀한
일인지도 모른다.

죽음을 맞이할 때 주변에 아무리 많은 사람이 있어도
우리는 혼자서 가야 한다. 죽음이 '고귀한 일'인 이유는 거
기에는 다른 사람에게는 보이지 않는 용기가 필요하고,
그 사람이 느끼는 것 이상의 것을 그 모습을 지켜보는 이
들에게 보여 주기 때문이다. 죽어 가는 사람은 모두 용기
있는 사람이다. 그리고 사라져 간다는 것을 자각하고 하

루하루를 살아가는 이들이 체현하고 있는 것도 보이지 않는 것에 주눅 들지 않는 진정한 의미의 용기인 것 같다. 우리는 죽어 가는 자를 지키려 하고, 때로는 위로하려 한다. 그러나 먼저 해야 할 일은 이런 용기 있는 사람들에게 배워야 하는 것이 아닐까.

오늘날과 같은 호스피스가 건립되게 된 계기를 만든 인물로 엘리자베스 퀴블러 로스Elizabeth Cubler-Ross라는 의사가 있다. 스위스에서 태어나 나중에 미국으로 건너갔다. 죽어 가는 사람들의 모습과 목소리를 정리한『죽음과 죽어감死ぬ瞬間』(스즈키 쇼鈴木晶 옮김, 중공문고)이라는 책이 있다. 이 책이 세계적인 베스트셀러가 되면서 사회는 '어떻게 죽음을 맞이할 것인가'라는 문제에 눈을 뜨게 되었다.

그녀가 쓴『안녕이라고 말하는 그 순간까지 진정으로 살아 있어라彼女に『生命ある限り 生と死のドキュメント』(시모야마 토쿠지霜山德爾/누마노 모토요시沼野元義 옮김, 산업도서)라는 책도 있다. 거기에는 그녀의 말뿐만 아니라 죽음을 앞둔 사람들의 수기도 실려 있다. 어떤 사람은 이런 말을 남겼다.

슬픔만이

내 안에 있다.

울고 싶지는 않지만

고통스러워 운다.

하지만 어제만큼 아프지는 않다.

오직 슬픔을 위한

빈자리만 있다.

내일은

그곳에 무엇을 놓을까.

　여기에 새겨져 있는 것은 진짜다. 언뜻 보면 탄식하는 노래처럼 보이지만 그것으로 끝나지 않는다. 여기에 새겨진 것은 육체적 생명이 '영혼'으로 변모하는 여정이다. 슬픔과 고통은 '내일'로 인도하고, 운명을 받아들일 수 있는 충분한 여백을 인생에 준비시킨다는 것이다.

인생의 토양

언어는 이 세상에서 일어나는 다양한 일들의 저장고다. 물이라는 한 단어에는 오늘날 우리가 마시는 액체에서 멀리 북극해로 흘러가는 물까지 모든 물이 의미로서 포함되어 있다. '꽃', '바람', '사람' 등 모든 언어에는 우리의 상상을 훨씬 뛰어넘는 힘이 깃들어 있다. 우리는 보통 언어에 담긴 에너지를 모두 사용하지 않는다. 사용할 역량이 인간에게 갖추어져 있지 않은 것이다.

하지만 생각을 깊게 하고 말을 내뱉을 때 자신이 예상했던 것보다 훨씬 더 풍부한 의미가 발산되는 경우가 있다. 말이 그 사람의 의도를 넘어서서 작용하는 것이다.

인생은 다양한 것들에 영향을 받는다. 자신에게 일어

난 일뿐만 아니라 가까운 사람과 관련된 일은 물론이고, 불황이나 천재지변과 같은 피할 수 없는 사건도 삶을 크게 변화시킨다. 하지만 이런 것들뿐만 아니라 단 하나의 문장과의 만남도 인간의 삶을 크게 움직이는 힘을 가지고 있다.

더 나아가 그것이 반드시 언어의 모습을 하고 있는 것도 아니다. 철학자 이즈츠 토시히코井筒俊彦의 표현을 빌리자면 '말'이라고 불러야 할 것과의 조우는 인생을 그 뿌리에서부터 바꾸는 것이다. 프랑스 작가 로맹 롤랑Romain Rolland은 젊은 시절 여러 번 삶을 포기할 뻔한 적이 있었다. 그런 나날들 속에서 그를 일으켜 세운 것은 베토벤의 음악과 베토벤이란 인간 그 자체였다. 이 고독한 음악가를 두고 로맹 롤랑은 다음과 같은 문장을 남겼다.

그것은 결코 추상적인 지혜가 아니라 그의 음악의 마력에 의해 내 혈관에 주입된 피였다. 그것은 맥관을 통해 사지의 구석구석까지 스며들어 나의 살이 되고 사상이 되었다. 이것은 이성이 이해할 수 없는 심오한 생명의 기적이다.

**- 로맹 롤랑,「서문」,『베토벤 제9번 교향곡ベートーヴェン第九交響曲』
(에비하라 도쿠오蛯原德夫/키타자와 마사쿠니北沢方邦옮김, 미스즈서방)**

생명의 부활은 '이성으로 이해할 수 없는' 형태로 실현된다. 로맹 롤랑의 말이 사실이라면 우리는 더 이상 이성적으로 생각하고 자신을 절망에 빠뜨리지 않는 것이 좋다는 뜻이다.

더 이상 할 수 있는 일은 없다. 어쩔 수 없다. 아무리 생각해도 그렇다, 라고 생각하기 시작하면 정말 그렇게 될지도 모른다. 그러나 사람 일은 '이성으로 이해할 수 없는' 길을 거쳐 어떤 경우에는 갑자기 우리를 빛으로 인도하는 것이 아닐까.

생각하는 것이 헛된 것은 아니다. 그러나 인간이라는 것은 생각하는 것 같으면서도 어느새 '착각'을 하곤 하는 것이다. '고민하지 말라, 제대로 생각하라'라고 계속 이야기한 것은 철학자 이케다 아키코池田晶子인데, 그녀가 말하는 '고민'은 다른 표현으로 말하면 '착각'이라고 할 수 있다.

어떤 일이 계기가 되어 시를 쓰기 시작했다. 첫 시집을 낸 지 6년 정도밖에 지나지 않았지만 시를 쓰기 전의 삶과 지금의 삶은 전혀 다른 색채를 띠고 있다. 시를 쓰면서 인생의 한 문장을 만났다.

시란 말하지 못하는 마음을 어떻게든 언어로써 드러내고자 하는 작업이라 할 수 있다. 그래서 시의 글자를 읽는 것만으로는 시를 음미할 수 없다. 예전에 나도 시를 읽지 않은 것은 아니지만 읽어도 깊이 음미할 수 없었다. 글자를 읽는 방법, 의미를 이해하는 방법을 알고 있어도 '음미하는 것'은 가능하지 않았다.

음식에 대입해 보면 한층 친근하게 느낄지도 모르겠다. 어떤 음식을 입에 넣는다. 숨은 맛이나 산지産地를 알아야겠다는 것은 생각을 멈추고 오롯이 맛보는 것과 전혀 다르다.

맛본다는 것은 의미를 해석하는 것이 아니다. 글을 쓰는 사람이 강하게 느끼면서도 말로 표현할 수 없었던 것들을 떠올리는 것이다.

누구의 인생에도 말할 수 없는 소중한 것들이 있다. 오히려 그런 것들이 우리 인생의 토양이 된다. 내 마음속에 어떤 '흙'이 있는지 알면 어떤 씨앗을 뿌려야 할지도 알 수 있다. '흙'의 상태를 알면 어떤 비료가 필요한지도 저절로 알게 되지 않을까.

존경스러운 모습

　세상에는 말을 잘 못하는 사람이 있다. 심오한 생각을 마음속에 품고 있으면서도 그것을 충분히 말로 표현하지 못하는 사람들이 있다. 어떤 이들은 말하지 않고 체현하는 것이 미덕이라고 생각할 수도 있을 것이다. 내 아버지도 그런 사람 중 하나였고, 그래서인지 아버지는 왜 어머니에게 고마운 마음을 더 자주 표현하지 않을까 하고 자식으로서 늘 느꼈다.

　그런 이야기를 어머니에게 한 적이 있었다. 어머니도 비슷한 마음일 줄 알았는데 돌아오는 대답은 달랐다.

　"부부 사이에는 부부가 아니고서는 알 수 없는 것이 있어"라고 부드럽게 말씀하셨다.

갓 스무 살이 되었을 때였다. 어머니의 말씀에 나 자신이 아직 어리다고 핀잔을 듣는 것 같아 기분이 썩 좋지는 않았다.

하지만 쉰 살이 넘어 보니 전혀 다른 느낌이 든다. 나이를 먹는다는 것은 말로 할 수 있는 것을 많이 갖는 것이 아니라 말할 수 없는 것을 마음에 쌓아 가는 것은 아닐까 하는.

일을 하다 보면 시를 쓰게 된 계기를 묻는 질문을 받곤 한다. 구체적인 경위도 있지만 반세기를 살아오면서 말할 수 없는 것들이 마음에 쌓였기 때문이라는 것이 실제에 가깝다. 시는 읽는 것이기도 하지만 쓸 수도 있다.

시를 즐겨 읽기는 하지만 막상 쓰기는 어렵다고 생각하는 사람도 많을 것이다. 결코 그렇지 않다. 중요한 것은 말할 수 있는 것을 글로 옮기는 것이 아니라 말할 수 없는 것을 느끼면서 글로 엮어 내는 것이다. 그것이 거의 유일한 시의 규칙이라고 할 수 있다.

인간관계도 다르지 않다. 왜냐하면 시정詩情이 가장 풍부하게 오가는 것은 사람과 사람 사이이기 때문이다. 누군가와 마음이 통한다는 것은 보이지 않는 말로 쓴 시를 세상에 내놓는 것이라고도 할 수 있다.

아버지가 하신 말씀은 기억한다. 지금도 그 말을 되새 길 때가 있다. 하지만 생전에 내가 깨닫지 못했고, 그래서 받아들이지 못했던 것은 당신이 가슴에 품고 있던 것, 당 신이 나에게 가장 전하고 싶었던 것 역시 말로 표현할 수 없는 것이었기 때문이 아니었을까. 어쩌면 그것은 추측이 아닌 엄숙한 사실인지도 모르겠다.

아마도 나는 아버지를 모르는 것 같다. 40여 년의 세월 을 함께하고 종종 말을 주고받았지만 그의 참모습을 알기 에는 너무 소원했던 것 같다.

사와키 코도沢木興道(1880~1965)라는 조동종 선승이 있다. 평생 절을 갖지 않고 갈 수 있는 곳이면 어디든 찾아가 불 도를 설파하고 좌선을 전파했다. 그가 사카이 도쿠겐酒井得 元이라는 '제자'에게 — 사와키는 이른바 '제자'를 둔다는 인식도 없었지만 — 자신의 일생을 이야기한 『사와키 코 도 채록沢木興道聞き書き』(고단샤 학술문고)이라는 책이 있다. 거 기서 그는 인간의 가장 고귀한 모습에 대해 다음과 같이 말하고 있다.

어떤 인간이라도 가장 존경스러운 모습은 그 사람이 진 지해졌을 때의 모습이다. 어떤 사람이든, 그 진지한 모습에

는 손가락 하나 까딱할 수 없는 엄숙함이 있다.

짧지 않은 시간, 아버지와 함께 보낸 것 같지만 나는 아버지의 '존경스러운' 모습을 알지 못한다. 그가 구현하는 침묵의 말을 알 바가 없었기 때문이다.

자식인 내가 아는 아버지는 지쳐서 집에 돌아오는 남자였다. 일한다는 것은 때로는 '싸움'이다. 자식은 싸우는 아버지의 모습을 모른다. 오히려 싸움에 지친 모습만 알고 있다. 이런 단순한 것도 나는 아버지의 장례식에 아버지 회사 동료들이 많이 참석한 모습을 보기 전까지는 몰랐던 것이다.

넷

생명 사용법

기쁨의 꽃

너무 깊은 슬픔에 빠지면 기쁨을 느끼지 못할 때가 있다. 슬픔이란 기쁨이 없어져 버린 상태라기보다 기쁨과의 연결 고리를 잃어버린 상태라고 함이 적절한지도 모른다.

슬픔이 깊어지면 '기쁨'이란 말과의 사이에도 엷은, 그러나 간단히 뚫을 수 없는 투명한 벽 같은 것이 생겼다고 느끼기도 한다. 어떤 시기, 나는 그와 같은 나날들을 보냈던 적이 있다.

그 누구에게나 한때 친밀했던 언어와의 관계가 희미해지는 경험은 있다. 계기는 여러 가지다. 커다란 사건이 계기가 되는 경우도 있고, 시간이 흐르면서 저절로 그렇게 되는 경우도 있다.

그렇지만 다른 시각도 가능하다. 잃어버린 말과의 관계는 다른 말과의 관계가 회복되면서 다시 되찾는 경우도 적지 않다. 나는 슬픔이란 말과의 관계를 심화시킴으로써 '기쁨'의 실체를 새롭게 발견하고, 슬픔이 단순한 비통함과 비탄을 불러일으키는 것으로 끝나지 않는다는 것을 알게 되었다.

젊은 시절에는 '기쁨'의 반대에 있는 것이 '슬픔'이라고 생각했다. 어떤 사건을 겪고 난 다음 슬픔뿐만 아니라, 애연함, 사랑스러움, 아름다움이라고 쓰기는 해도 '슬픔'이라고 읽듯이 이 세상에 여러 가지 슬픔이 있음을 알게 되었다.

사랑, 아름다움이라고 쓰더라도 '슬픔'이라고 읽는 것은 진정으로 사랑했던 것을 잃을 때에만 사람은 참된 '슬픔'을 느끼기 때문이며, 그 감정은 말로 표현할 수 없을 정도로 아름다운 것이기 때문일 것이다.

사전에서 '기쁨'이라는 말을 찾아보면 '즐거움熹', '기쁨歡', '뜨거움悅', '경사스러움慶' 등, 여러 가지 '기쁨'이 있음을 알 수 있다.

'즐거움熹'은 개인적인 기쁨이기도 하지만 여러 사람이 함께 어울려 기뻐하는 것이기도 하다. '환歡'은 환호성이란 표현이 있듯이 소리를 내질러 기뻐하는 것인 반면, '열悅'은 유열이라는 낱말처럼 홀로 기쁨에 젖어 든다는 어감이 있다. '경慶'은 결혼 등의 경사를 기뻐하는 것이다.

어느 날 이상한 꿈을 꾸었다. 이미 수용할 수 있다고 생각했던 슬픔도 마음속 깊은 곳에서는 아직 받아들이지 않고 있었고, 그 때문에 사사건건 괴로워하는 꿈이었다. 꿈이라는 것을 알고는 있었다. 그러나 꿈이지만 깨어나려는 힘을 억누를 만큼 위력을 지니고 있었다.

이상하다고 생각한 것은 쉽게 깨어날 수 없을 정도의 충격을 받은 것과 동시에 꿈속 무의식이 완전히 다른 광경을 감지하고 있었다는 것이다. 가슴 아픈 슬픔의 습격을 겪으면서 나는 동시에 그것과는 전혀 다른 것의 존재를 분명히 감지하고 있었다.

꿈에서는 가끔 현자가 언어를 초월한 또 다른 언어를 말한다. 모습이 보이지 않는 선지자는 이렇게 말하고 있는 것 같았다.

"어떻게 해서든 너는 슬픔의 밑바닥까지 가야만 할 것이다. 그 깊은 곳에만 위로의 샘이 있기 때문에. 그 샘은 결코 마르지 않을 것이니. 너는 거기에서 길어 올린 것을 사

람들에게 나누어야 하리."

　진정한 기쁨은 슬픔이라는 문 안쪽 깊숙이 존재한다. 이런 것은 어떠한 사전을 조사해도 쓰여져 있지 않지만 사실이다.

　인생에서는 슬픔의 길 끝에 도도하게 피어 있는 한 송이 꽃처럼 '기쁨'이 기다리고 있기도 하다.

영혼의 말

언제부터인가 훌륭한 그림이나 말에 그다지 마음이 움직이지 않게 되었다. 감동을 표현할 때 뜨거운 무언가가 차오른다고 하지만 이 '뜨거움'을 느끼는 것이 가능하지 않게 되어 버린 것이다. '훌륭한' 것은 세상에 얼마든지 있다. 그러나 '진짜'는 세상에 단 하나뿐이다. 우리가 감동하는 것은 세상에 단 하나밖에 없는 것을 대면했을 때이지 않을까.

여기서 말하는 '진짜'란 미술품의 진위에 관한 것이 아니다. 반박할 수 없는 경험 그 자체다. 이해하기 어렵다고 느낄 수도 있을 것이다. 대상에 집착하기 때문에 이해하기 어려울 수 있다. 물론 진짜 '모나리자'는 세상에 단 하나밖에 없다.

하지만 이를 문장으로 바꿔 보면 어떨까? '감사합니다'라는 말은 세상에 넘쳐난다. 그러나 우리는 흔한 표현인데도 '진짜'임을 느끼고, 오래 기억에 남아 있는 경우가 있다. 오히려 감동이란 세상에 무수히 존재하는 것처럼 보이는 것에 고유한 영혼을 부여하는 것이라고 말할 수 있을지도 모른다.

피곤할 때 사람은 아름다운 것을 찾는다. 아름다운 것은 마주치는 우리에게 안도감을 준다. 이를 잘 알면서도 현대인은 아름다움으로 피로를 치유하기보다 다른 것들로 피로를 달래는 경우가 많지 않을까.

아름다운 그림이 있다. 이 그림의 아름다움은 어디에서 오는 것일까? 아름다움이 그림에 있다면 그림에서 멀어지면 아름다움은 사라져 버려야 한다. 그러나 그것은 우리네 삶의 체감과는 다르다.

아름다움을 체험한다는 것은 '그 대상'과 분리되어도 사라지지 않을 뿐 아니라 가슴 속에서 점점 더 자라기도 한다.

비단 그림에만 국한된 이야기가 아니다. 아름다운 무언가는 우리 안에 이미 내재하는 아름다움을 일깨운다.

아름다움을 체험한다는 것은 마르지 않는 아름다움의 샘이라고 할 수 있는 것을 재발견하는 과정이다. 예술적 체험이란 걸작을 보는 것으로 끝나지는 않을 것이다. 오히려 작품과 자신의 관계를 통로로 삼아 감동이라는 보이지 않는 아름다움을 세상에 만들어 내는 것은 아닐까.

2018년 6월에 간행된『생명의 꽃, 희망의 노래いのちの花、希望のうた』(나나로쿠샤)란 제목의 시화집이 있다. 작가는 화가인 이와사키 켄이치岩崎健一와 시인 이와사키 와타루岩崎航다. 두 사람은 형제로 켄이치가 형, 와타루가 동생이며, 일곱 살의 나이 차이가 난다.

2013년 이와사키 와타루는『끝내 살아남겠다는 물방울의 바람点滴ボール 生き抜くという旗印』(나나로쿠샤)이라는 시집을 출간해 큰 화제를 모았다. 이 시집은 많은 이들에게 울림을 주었다. 이 시집을 손에 들지 않았다면 나도 시를 쓰려고 하지 않았을지도 모른다.『생명의 꽃, 희망의 노래』에는 와타루의 시와 함께 켄이치의 그림이 실려 있다.

철학자 이즈츠 토시히코는 언어에 머물지 않는 의미의 표현을 '말コトバ'이란 가타카나로 표현했는데, 시인 와타루에게는 언어가 '말コトバ'이지만, 켄이치에게는 선과 색이 '말コトバ'인 것이다. 그래서 우리는 보이지 않는 마음의

붓으로 그린 그림을 볼 때, 거기서 하나의 '이야기'를 읽고, 말로는 표현할 수 없는 삶의 진실을 발견하는 것이다.

시는 언어로 '그림'을 그리려는 행위이고, 그림은 선과 색으로 써 내려간 '시'라고도 할 수 있다. 그리고 두 사람이 함께 탁월한 것은 여운, 여백이라는 말의 사용법이다. 이와사키 와타루는 대부분의 시를 다섯 행으로 쓴다.

탄력을 잃은
어둠 속의 영혼에
살아갈 힘을
다시 불러일으키려면
스스로 빛이 되는 수밖에

이 시가 표현하고 있는 것은 스스로 빛이 되지 않으면 살아갈 수 없는 영혼의 어둠만이 아닐 것이다. 사람은 누구나 꺼지지 않는 빛을 자신의 내면에 품고 있는 것이 현실인 것이다.

켄이치, 와타루는 모두 근이영양증이라는 큰 시련을 짊어지고 살아가고 있었다. 우리는 병명을 맞닥뜨리거나 병을 보면 그 사람을 외면할 때가 있다. 오해에 대한 두려움 없이 말하자면, 두 사람의 작품에서는 질병이 존재하지 않고, 질병을 안고 살아가는 인간이 존재할 뿐이라고, 그렇게 말하는 것처럼 느껴진다.

내 안에 있는 인간을 확인하고 싶을 때 나는 두 사람의 작품을 마주한다. 그리고 두 사람이 구현하고 있는 아름다움 앞에서 잠시 고개를 숙이고 다시 살아야겠다고 다짐한다.

생명 사용법 1

입정교성회 개조開祖기념관에 다녀왔다. 종교를 처음 창시한 개조는 니와노 닛쿄庭野日敬(1906~1999)다. 입정교성회는 법화경을 근본 경전으로 하는 재가 종교로, 1938년 창시하여 전후 민중들의 큰 지지를 받았다. 종교 간 대화, 종교인들의 평화 운동에도 지도적 역할을 했다. 니와노는 가톨릭의 대개혁, 그리고 종교 간 대화가 시작되는 계기가 된 제2차 바티칸 공의회에도 정식 초청자로 참가했다.

내가 니와노 닛쿄의 존재를 알게 된 것은 고등학생 시절이었다. 헌책방에서 그의 자서전을 본 것이 계기였다. 어떤 사람인지 몰랐을 뿐 아니라 한자로 된 이름을 읽는 법조차 몰랐다. 하지만 뭔가 강한 연결 고리 같은 것을 느껴 책을 사서 집으로 돌아왔다.

당장 그 책을 읽고 어떤 영향을 받은 것은 아니다. 오히려 당시에는 책을 산 것만으로도 몫을 다한 것 같아 읽지도 않은 채 오랫동안 책장에 꽂아 두었다. 본격적으로 그의 말과 존재를 마주하게 된 것은 사반세기가 지난 뒤였다.

기념관을 찾은 것은 이야기꾼 가와테 코타로川手康太郎 씨의 강연을 듣기 위해서였다. 그는 한때 회의 부이사장을 지낸 인물로 나이도 아흔이 넘은 고령이었다. 니와노와의 인연도 깊다.

행사장에 도착하니 자리는 거의 다 채워져 있었고, 나는 맨 뒷자리에 앉았다. 사회자가 조용하고 따뜻한 목소리로 가와테 씨를 소개하고 있었다. 지금까지도 같은 부탁을 하기는 했지만 "고령이라 이번이 마지막일 수 있으니 꼭 해 주셨으면 좋겠다"는 말씀을 드렸다는 이야기도 했다.

강연은 법화경과의 만남이라기보다는 창시자인 니와노 닛쿄, 와키조脇祖로 불리는 나가누마 묘코長沼妙佼, 두 스승과의 만남과 교류를 중심으로 이어졌다.

그는 차분한 말투로 난해한 표현을 하나도 쓰지 않고

이야기를 이어 나갔다. '머리'로 아는 것이 아니라 '마음'으로 느낀 것만을 이야기하고 있음을 처음 듣는 나 같은 사람도 잘 알 수 있었다. 어느 순간 그는 조용하지만 확신에 찬 어조로 이렇게 말했다.

"결국 제가 배운 것은 생명의 사용법이라고 생각해요."

그것은 생각해서 하는 말이라기보다는 삶에서 이끌어낸 말처럼 느껴졌다. 생명의 사용법, 생명의 쓰임새라고 해도 좋을 것 같다. 더 나아가 생명의 원리, 생명의 공리라고도 할 수 있을 것이다. 이 이야기를 들으면서 나는 프란치스코 교황이 『복음의 기쁨』에서 쓴 다음과 같은 말이 떠올랐다.

생명은 베풂으로써 강화되고, 고립과 안일함으로 말미암아 쇠퇴합니다. 사실 생명을 가장 잘 살리는 사람은 안전한 안식처를 떠나 다른 사람에게 생명을 전하는 사명에 열정을 쏟는 사람입니다.

여기서 말하는 '생명'은 그 사람을 그 사람답게 하는 존재의 '빛'인 동시에 우리가 나 아닌 다른 존재와 교류하는 '장소'이기도 하다. 사람은 '생명'과 '생명'으로 교류할 때 진정으로 신뢰와 애정이라고 부를 수 있는 것이 생긴다.

'머리 사용법'이나 '몸 사용법'은 학교나 직장에서도 배울 수 있다. 그러나 현대 사회에서는 '생명'이 무엇인지에 대해 생각하는 일은 거의 없다. 종교란 '생명의 사용법'을 체득하는 길이라고 가와테 씨는 믿고 있는 것 같다. 그가 그렇게 말한 것은 아니다. 하지만 그렇게 체현하고 있는 것처럼 내게는 느껴졌다.

기독교 『신약 성서』의 「마태복음」에는 "좋은 나무는 아름다운 열매를 맺고, 나쁜 나무는 나쁜 열매를 맺는다"(프란치스코회 성서연구원 옮김)는 말이 있다. 여기서 '나무'는 '종교'를 의미하고, '열매'는 그것을 믿는 사람을 가리킨다고 읽을 수도 있다.

가와테 씨의 이야기를 들으면서 떠오른 구절이었다.

생명 사용법 2

'목숨命'이라는 말을 두고 생각이 많아지고 있다. 목숨을 소중하게 여기지 않으면 안 된다고 사람들은 말한다. 그러나 목숨이 무엇인지 알지 못하면서 사랑하는 것은 가능하지 않다.

연명延命이라고 말할 때의 '명'과 운명이라고 말할 때의 그것은 같지 않을 것이다. '목숨을 걸고懸命'라고 말할 때의 '목숨'과 천명天命의 '목숨'은 동일하다고 말하기 어렵다. 복수의 목숨이 있다고 말하고 싶은 것은 아니다. 그러나 '목숨命'에는 서로 다른 층위가 존재하는지도 모른다.

생명체라고 할 때의 '생명生命'과 '영혼命'을 느낀다고 할 때의 그것도 동의어가 아니다. 오히려 현대는 인간을 '생

118

명'으로만 바라보며 '영혼'으로서의 면모를 잊고 있다.

'생명'의 활동은 수치로 측정할 수 있다. 그래서 측정할 수 없게 되면 죽음을 선고받는다. 하지만 '영혼'의 작용은 측정할 수 없다.

과학이 생각하는 '생명'은 죽은 후에는 존재하지 않는다. 인명이 '생명'과 동일하다면 죽음 이후에는 그 존엄을 무시해도 되는 것이 된다. 하지만 사람은 그렇게 느끼지 않는다. 목숨의 존엄성은 죽고 난 뒤에도 계속된다고 우리는 느끼고 있다.

여기에서는 죽음 이후에도 계속 존재한다고 느끼는 것을 '영혼'이라고 쓰기로 한다. 죽음이란 생명의 상태에서 순수한 '영혼'으로 변모하는 것이라고 할 수 있다.

'생명'은 마음보다 몸과 더 깊은 관련이 있다. 옷을 잘 차려입으면 몸은 좋아 보이고, 경제적으로 부유한 사람은 생명력이 넘치는 것처럼 보이기도 한다. 하지만 그런 사람이 꼭 풍요로운 삶을 살고 있는 것은 아니라는 것을 우리는 알고 있다. '삶의 보람'은 '생명'보다 '영혼'에 더 깊이 관여하는 문제이기 때문이다. 니와노 닛쿄도 "삶의 보람이란 삶의 충만감"이라고 말하면서 이렇게 말한다.

사물을 접하고, 사물에 작용을 가하고, 혹은 사물의 결실을 기대할 때, 자신의 심신에 생명이 살아 움직이는 듯한 기쁨을 느끼는 것…… 이것이 삶의 보람의 실체라고 할 수 있다.

물론 그 기쁨은 의식해야만 느낄 수 있는 얕은 기쁨이 아니다. 마음속 깊은 곳에서 느껴지는 기쁨이다. 말하자면 삶 자체가 기뻐하는 것이다.

　　　　　　　　　　　　　　　-『니와노 닛쿄 법화집1庭野日敬法話選集1』

'영혼'의 세계를 되살리는 것, 그것이 신앙의 원점일지도 모른다. 그리고 죽음이란 '생명'이 그 역할을 끝내고 '영혼'으로 새롭게 태어나는 것일지도 모른다.

앞의 니와노의 한 구절을 읽으면서 어쩌면 이 인물이 21세기에 살아 있었다면 '기쁨'을 놓고 프란치스코 교황과 의미 있는 대화를 나누지 않았을까 하는 상상도 해 보았다. 앞서 인용한『복음의 기쁨』에서 교황은 이런 말을 적고 있다.

제가 말할 수 있는 것은 인생에서 본 가장 아름답고 자연스러운 기쁨을, 집착할 것이 없는 가난한 사람들 속에서

발견할 수 있었다는 것입니다. 그리고 또 하나 기억나는 것
은 중요한 전문직에 종사하면서도 신앙심과 무욕의 단순
한 마음을 지혜롭게 간직하고 있는 사람들에게서 확인했
던 진정한 기쁨입니다.

　같은 말이 니와노의 책 속에 있다고 해도 놀랍지 않을
뿐 아니라 그에 대한 신뢰가 더욱 깊어졌을 것이다. '집착
할 것이 없는 가난한 사람들', '무욕의 단순한 마음을 지
혜롭게 간직하고 있는 사람들'은 세상에 많다. 그러나 우
리는 아직 그들에게서 깊이 배울 수 있는 방법을 충분히
알지 못한다.

　교황은 신학교 책임자였을 때 가난한 사람을 도와야 할
뿐만 아니라 그 사람들에게서 배우기도 해야 한다고 말했
다고 한다. 같은 의미의 말을 니와노는『자서전』의 '서문'
에 이렇게 적고 있다.

　　어떤 상대이든 내게는 모두가 구도의 스승이고 나를 고
　양시켜 준 보살이라고 진심으로 생각하고 있다.

　그의 일생에는 많은 시련이 있었다. 누군가를 향해 주

먹을 휘두르고 싶을 때 사람은 그 손을 내리치는 대신 그 사람을 위해 기도하듯 조용히 손을 모을 수도 있다고 창시자는 말한다.

보이지 않는 손

자신의 영혼을
보이지 않는 손으로
껴안는 법을
배워야만 하리

어떻게 해도
힘들다고 느낄 때
눈물도 나오지 않을 만큼
울지 않고서는 견딜 수 없을 때
그 누구도 없는 곳에서 불안과
싸우지 않으면 안 될 때에도

사람은 누구든 필요할 때

자신의 영혼을

힘껏

껴안을 수 있음을

잊어서는 안 되리

말의 균열

▌후기를 대신하여 – 말의 균열

<읽기와 쓰기>라는 자율 강좌를 시작한 지 10년이 되었다. 이 책을 쓰면서 자꾸만 10년의 세월이 떠올랐다. 처음 강좌를 시작한 때가 지금과 비슷한 여름이었기 때문인지도 모르겠다.

2013년이면 책을 몇 권 낸 게 전부였고, 텔레비전이나 라디오에 출연한 적도 없었고, 외부에서 한 강연도 헤아릴 정도였을 뿐이었다. 강좌를 시작해도 아무도 오지 않을 것 같았다. 몇 번은 어찌 진행하더라도 머지않아 끝을 맺지 않을까 하는 생각도 있었다. 그랬던 강좌가 10년간 이어졌으니, 어느 정도 감회가 없을 리 없다.

시작한 데에는 이유가 있다. 그전까지 하던 일로 회사

가 망해도 당연하다 싶을 정도의 손실이 났기 때문이다. 약초를 팔고 있었는데 법 개정으로 수입해 두었던 제품을 판매할 수 없게 된 것이다.

할 수 있는 일은 다 해 보자. 스스로에게 다짐하면서 동료들 앞에서도 그렇게 말했다.

그때만큼 고개를 숙인 적이 없었다. 잡지를 내는 출판사를 찾아가 연재를 할 수 있도록 부탁하고, 최대한 책으로 나올 수 있도록 일을 했다. 직장인으로서의 인생을 영업으로 시작할 수 있었던 것에도 감사했다. 이런 배경 속에서 회사 사무실에서 시작한 것이 <읽기와 쓰기>라는 강좌였다.

첫 번째 텍스트는 고바야시 히데오小林秀雄의 『생각하는 힘考えるヒント』에 실린 「말言葉」이라는 제목의 에세이였다. 첫 머리에서 고바야시는 "모습은 흉내 내기 어렵고, 뜻은 흉내 내기 쉽다"라는 모토오리 노리나가本居宣長의 말을 인용하며 이렇게 말했다.

여기서 모습이란 말의 형태를 말하는 것으로, 말은 흉내 내기 어렵지만 뜻은 흉내 내기 쉽다는 것이다.

세상에는 그 반대가 아닌가 하는 사람도 있을 것이다. 확실히 말은 흉내 내기가 간단하지만 문장의 뜻을 흉내 내기는 어렵다. 그렇게 말하는 편이 더 이해하기 쉬울지도 모르겠다. 하지만 물론 노리나가도 고바야시도 그 정도의 통념으로는 생각을 바꾸지 않는다. 같은 글에서 이렇게도 쓰고 있다.

사실은 무슨 말인지도 모른 채 의견을 말하는 것은 우리에게는 지극히 흔한 일이다. 말이라는 것은 무섭다. 그 무서움을 알기 위해서는 숙고가 필요하다.

많은 사람들이 말의 본질을 모르고 말을 사용하고 있다. 말에는 사물의 이름을 의미하는 것 이외에도 '무서운' 면이 있다. 말의 무서움을 진정으로 깨닫는 것이 쉬운 일이 아니라는 것이다.

고바야시 히데오는 '무섭다'고 썼지만 우리가 인식을 새롭게 해야 할 것은 말 앞에서 두려움을 느끼기보다 경외심을 가져야 한다는 것이다. 왜냐하면 이 세상을 만드는 근원에 있는 것은 말의 작용과 다르지 않기 때문이다. 말에는 '두려워'해야 하기보다 '경외'해야 할 힘이 있다.

128

이전 달까지 판매해 왔던 것이 갑작스레 불가능해진다. 달라진 것은 법이다. 달리 말하면 법률을 기록하는 말이 달라진 것뿐이다.

말의 영향력은 모든 곳에 미친다. 신께 기도할 때 우리는 말을 사용한다. 친구를 위로할 때에도, 누군가에게 사랑을 고백할 때에도 말이 마음의 날개가 된다. 전쟁을 시작하고 마무리하는 것조차도 역시 말이다.

'말은 흉내 내기 어렵지만 의미는 흉내 내기 쉽다'는 말이 참이지 않을까. 사랑이란 무엇인지 진지하게 생각해 본 적이 없는 인간도 사랑이라는 단어를 사용할 수는 있다. 다만 그런 인간은 사랑의 의미가 지닌 깊이를 전달할 수 없다고 노리나가와 고바야시는 말한다.

말은 흉내 낼 수 있다. 그러나 울림은 흉내 내는 것이 불가능하다. 기도의 말을 입에 담는 것은 쉽다. 하지만 그 말을 진실한 기도로 만들려면 사람은 자신의 생애를 걸어야 하는 것인지도 모른다.

이 책은 원래 입정교성회의 기관지『야쿠신』에「말의 심연」이란 제목으로 연재되었다. 기간은 5년, 60회에 걸쳐 이루어졌다. 잡지에 게재된 것은 매회 8백 자 정도의 글이었으나 이 책에 수록하는 과정에서 이를 1천5백 자

정도로 수정, 가필했다.

한 번 8백 자 형태로 응축된 말을 두 배로 늘린다는 것은 애초 불가능했다. 어쩔 수 없이 주제를 이어받아 새롭게 써 내려간 형태가 되었다. 하지만 원래의 글이 지닌 주제의 발견이 없었다면 새로운 글쓰기도 시작하기 어려웠을 것이다. 이 자리를 빌려 『야쿠신』편집부 여러분께 진심으로 감사의 말씀을 전하고 싶다.

편집을 담당해 준 이는 아키쇼보亜紀書房의 나이토 히로시内藤寛 씨이다. 나이토 씨와 일을 할 때는 항상 '새로움'을 염두에 둔다. 여기서 말하는 '새로움'은 단순히 새로운 것이 있어야 함을 의미하지 않는다. 오히려 낡지 않는 무언가를 의미한다.

교정과 교열은 무타 사토코牟田都子 씨에게 부탁할 수 있었다. 무타 씨와 함께 작업한 책이 몇 권째가 되는지 모르겠다. 다만 그녀와 함께 일하면서 교정은 작가의 말을 정교하게 다듬는 일임을 알았다.

장정은 코토모모사의 타케나미 유우코たけなみゆうこ 씨가 맡아 주었다. 타케나미 씨의 장정은 고차원적인 의미의 비평이라고 항상 생각한다. 작가가 미처 보지 못한 가능성을 밝혀 주기 때문이다.

좋은 동료들과의 작업은 인생에 의미를 부여해 준다. 그, 그녀들과의 작업을 거듭할수록 그 무게 또한 깊이 느끼게 된다.

2023년 8월 14일에, 먼저 돌아가신 분들을 생각하면서
와카마쓰 에이스케

뒤란에서 에세이 읽기 05

혼자라고 느낄 때
그토록 찾던 문장을 만나다

초판 1쇄 발행 2024년 11월 27일

글쓴이 와카마쓰 에이스케 | **옮긴이** 김동언

책임편집 박은혜 | **디자인** hey yoon | **인쇄** 아트인

펴낸이 김두엄 | **펴낸곳** 뒤란 | **등록** 제2019-000092호(2019년 7월 19일)

주소 07208 서울시 영등포구 선유로49길 23 아이에스비즈타워 2차 1503호

전화 02-3667-1618

블로그 sangsanghim.tistory.com | **전자우편** ssh_publ@naver.com

인스타그램 @duiran_book

ISBN 979-11-94259-01-5 03830

* 뒤란은 상상의힘 출판사의 문학 · 예술 · 인문 전문 브랜드입니다.
* 이 책 내용의 일부 또는 전부를 재사용하려면 반드시 뒤란의 서면 동의를 받아야 합니다.

* 잘못 만들어진 책은 구입한 곳에서 바꾸어 드립니다.
* 책값은 뒤표지에 표시되어 있습니다.